김율도 장편소설

바퀴춤

김율도 글 / 송지원 그림

바퀴춤

초판발행 2023년 12월 15일
지 은 이 김율도
펴 낸 이 김홍열
디 자 인 송지원
기   획 김기하
영   업 윤덕순
펴 낸 곳 율도국
주   소 서울시 도봉구 시루봉로 286, 3층 (도봉동)
출판등록 2008년 07월 31일
전   화 02) 3297-2027
팩   스 0505-868-6565
홈페이지 http://www.uldo.co.kr
메   일 uldokim@hanmail.net
I S B N 9791192798097 (43800)

2023 〈장애예술인 창작활성화 지원〉 선정 프로젝트
주관 : 김홍열
후원 : 서울특별시, 서울문화재단

목 차

4

목 차

5

바람을 가르고 바라보면 바라볼수록
퀴즈처럼 풀면 풀수록 신비로운
춤, **휠체어댄스** 그대

우리 같이 춰 볼까요? 휠체어댄스를

나는 5년 동안 휠체어댄스를 했다.

휠체어댄스를 하기 전까지는 지루하고 답답하고 살아가는 의미를 찾을 수 없었다. 가도 가도 길고 어두운 터널이 끝날 것 같지 않았다. 하루하루 똑같은 일상에 무엇을 해 봐도 보람이 없었고 자유가 없는 신체에 불만도 점점 높아갔다.

휠체어댄스라는 새로운 세계로 들어서자 지루했던 삶이 활기가 생겼고 가슴 떨림도 맛보았다.

왜 진작 그 생각을 못 했을까.

세 살 때 소아마비에 걸려 한쪽 다리를 심하게 절며 학창 시절과 중년까지 살아왔지만 그나마 걸어 다닐 수 있었기에 휠체어를 타지 않아 휠체어댄스를 접할 기회가 없었나 보다.

그러다가 문득, 시인이자 영화평론가의 탱고 춤을 보고 나서 "아, 저거다!" 나도 해보고 싶었다. 그런데 서서는 할 수 없으니 자연스럽게 휠체어댄스가 떠올랐고 우연히 TV에서 보고 나서 매력적으로 생각되어 결정하게 되었다.

이 소설은 그때의 체험을 바탕으로 쓴 글이다. 그래서 댄스 용어, 장애인댄스의 세계 등을 아주 구체적이고 실감 나게 그릴 수 있었다.

예전에 영화 '미 비포 유'를 보고 불만이 많았었다. 개연성이 없고 존엄사라고 하면서 장애인이 자살하는 것은 납득도 안 가고 현실성이 없다고 생각했다.

남자주인공이 여자 주인공 루이자를 사랑하지만, 자기 삶을 포기하고 죽을 권리를 말하는 것은 작가가 판타지처럼 만든 것이다. 몸을 움직이지 못하는 사람은 다른 사람에게 폐를 끼치니 스스로 죽어야 한다는 것으로 들려 불편했다. 그 작가는 장애를 체험하지도 않았고 인터뷰하지도 않은 것이 확실하다.

장애인의 로맨스는 어떤 모습일까?

나는 현실적이고 직접 체험을 살려 리얼리티가 살아있는 소설을 쓰고 싶었다. 장애가 있어도 대부분의 장애인들은 강한 삶의 의지가 있다는 것을 알리고 싶었다.

이 소설은 아직 소설이나 영화로 본 적 없는 세계 최초의 휠체어댄스라는 독특한 소재만 있는 것은 아니다. 장애인의 로맨스라는 중요하고 예민한 내용도 있다.

기존 비장애인이 쓴 장애인의 로맨스는 어떤 틀에 갇혀 있는 것 같다.

예를 들면 장애인은 자신의 장애 때문에 상대방에게 떠나라고 하는 오래된 편견을 비롯하여 장애인 당사자가 아닌 주변 사람들의 의견에 휩쓸린다는 것.

장애인 로맨스 소설은 왜 비극이어야 할까?

비장애인이 쓴 장애인 로맨스 서설은 비극이 많다. 작가의 환상이나 비장애인의 이기적 환상을 채워주는 것이 아니라 당사자들이 실제로 사랑하면서 일어날 것 같은 리얼한 이야기가 좋은 소설이라 생각한다.

로맨스에서 장애 때문에 일어나는 갈등은 장애가 아닌 다른 것으로 일어나는 갈등이 사실 더 잔인하고 심각한 것일 수 있다.

비장애인이 장애인을 이해하는 것과 장애인이 비장애인을 이해하는 것은 중요하다. 이 문제는 로맨스에서 가장 많이 일어난다. 업무적인 것은 정해진 규칙대로 하기에 개인적으로 큰 갈등은 없다. 그러나 로맨스는 거름망 없이 인간의 진짜 감정이 일어나기에 로맨스는 살아있는 검정교과서다.

이 소설을 쓴 이유는 비장애인에게는 장애 관련 소재가 특수한 소재가 아니고 보편적인 소재로 인식시켜 장애를 바라볼 때 어떤 틀을 통해 바라보는 시선에 경종을 울리고자 한다.

인생은 가변적인데 자기 의지와 상관없이 바뀌는 운명을 대하는 자세를, 다양한 캐릭터를 통해 독자 스스로 깨닫고 행복과 불행에 대한 고정관념을 깼으면 좋겠다.

더 많은 독자에게 친근감 있게 다가가기 위해 일러스트 20여 장을 넣었는데 아름다운 체험이었으면 한다.

김율도

몽도, 지니, 루비. 청소년 3명이 춤으로 만나 벌어지는 사랑과 갈등 이야기.

교통사고로 다리를 다친 16살 몽도는 엄마의 강한 추천으로 큰 기대없이 휠체어댄스를 시작하게 된다.

몽도의 첫 댄스파트너 루비는 강하게 독려하지만 몽도는 강압적이라 그만두고 싶어 한다. 다행히 전국대회 첫 출전에서 금메달을 따지만 몽도는 즐거움을 느끼지 못하니 다음 해는 안 하기로 마음먹는다

그러나 우여곡절 끝에 몽도는 다시 하게 되는데 두 번째 파트너 지니는 친절하고 착하지만 가르치려는 자세로 지적만 하여 숨이 막힌다. 어느 여름날, 몽도는 지니의 땀을 닦아주고 싶어 가까이 다가가지만 지니는 피하는 사건으로 인해 몽도는 금방 사랑에 빠지는 '금사빠'의 모습을 보여준다. 하지만 지니는 무슨 이유인지 몽도를 밀어낸다.

겨울에 몽도는 맹장염으로 병원에 입원한다. 기다리던 지니의 문병은 이루어지지 않고 오히려 오랜만에 루비가 찾아온다.

퇴원 후 몽도는 루비와 행사하러 다니며 가까워진다.

몽도는 지니와 행글라이더를 타다가 사고로 둘은 추락한다.

땅에 떨어질 때 지니 밑으로 몽도가 일부러 깔려 몽도는 하반신을 완전히 쓸 수 없게 되고 오직 휠체어만 타야 한다. 무사한 지니는 죄책감인지 병원에 자주 오는 지니는 몽도에게 헌신적으로 간호하는데 그동안 밀어낸 이유가 밝혀진다.

국제대회에 나가고 싶어 하는 루비는 몽도와 지니 사이에서 어떻게 될 것인가?

9

사고 후에 필요한 것

수면제 30알이 필요하다. 수면제 한두 알로도 잠이 들 수 있겠지만 30알을 먹으면 어떻게 될까 궁금하다. 오랫동안 자고 싶다. 그리고 모두가 죽은 후에 깨어나고 싶다. 혹은 다른 세상에서 깨어나고 싶다. 인체공학이 발달한 어느 미래 세계.

나는 간호사에게 잠이 안 온다고 하면서 수면제를 조금씩 모았다. 이제 29알을 모았다. 1개만 더 모으고 좋은 타이밍만 결정하면 된다.

예고 없이 실행해야 한다. 내가 당한 교통사고도 예고 없이 찾아왔듯이. 그날 사고는 T.S 엘리엇 시인 할아버지가 잔인한 달이라고 했던 4월에 일어났다. '황무지'라는 시가 난해하다지만 왜 4월이 잔인한 달인 지 나는 알 것 같다. 4월에 내가 교통사고를 당했기 때문이다. 잔인한 달은 4월만이 아니었다. 5월도 잔인했고 6월도 잔인했고 7월도 잔인했다. 왜냐하면 5월에도 나는 병원에 있어야 했고, 6월, 7월에도 어디서인가 교통사고는 일어나기 때문이다. 교통사고는 이제 충격적인 사건이 아니다. 그냥 일상의 이벤트다.

사고 후 정신을 잃고 나서 병원에서 처음 눈을 떴을 때 다리부터 살펴보았다. 제발 다리야 무사해라, 제발.

다른 곳은 다쳐도 되지만 다리만은 다치면 안 되는 이유가 있었다. 나는 가슴을 졸이며 다리를 쳐다보았는데 긴급 수술 후에 박아놓은 철심으로 다리가 엉망이 되어 있었다. 그날 밤 통증으로 몸도 아팠지만, 마음이 고장 나 눈물이 주르르 정수기처럼 나왔다.

왜 하필이면 신은 나를 선택했나?

매일 뉴스에 나오는 사기꾼들과 흉악범들은 저렇게 팔팔하게 살아 돌아다니는데 착하게 살아가는 나를 왜 이렇게 만들어 놓은 거야? 내가 무슨 잘못을 했길래 다리를 주었다가 뺏는 거야! 이제 축구는 어떻게 해?

나는 학교 축구부 소속으로 활동했고 시도 써서 교내백일장에서 장원도 하여 '축구시인'이라는 별칭도 얻었다.

사실 나는 하고 싶은 것이 너무 많았다. 태어나서 한 가지만 한다는 것은 너무 억울하다. 백일장 때 상으로 받은 노트에 생각나는 대로 직업을 써 보았었다.

사, 자로 끝나는 것 - 운전사, 목사, 교사, 장의사, 약사, 출판사, 비행기 조종사, 통역사

가, 자로 끝난 것 - 소설가, 정치가, 만화가, 화가, 사진작가, 작곡가, 발명가, 번역작가, 작사가

인, 자로 끝나는 것 - 언론인, 시인, 극장지배인, 여관주인

부, 자로 끝나는 것 - 청소부, 농부, 어부, 광부, 일용잡부

장, 자로 끝나는 것 - 교장, 농장주, 선장, 대장

영어로 된 것 - PD, DJ, 매니저, 아나운서, 탤런트, 디자이너, 리드싱어, 누드 모델

이 세상엔 수만 개의 직업이 있다는데 바로 떠오른 것은 이정도이다. 그러나 이제 그 노트를 찢을까 생각 중이다. 이제 할 수 있는 것은 거의 없다. 누웠다 일어나기, 숨쉬기, 휠체어 타기, 짜증 내기. 이런 거 밖에는 할 수 있는 것이 없다. 아 참 하나 더 있기는 하다. 스스로 위로하기.

의사는 재활 치료로 다시 걸어 다니는 것이 기적이라고 했다. 이 정도 사고면 어떤 사람은 아예 걷지도 못한다고 했다.

그러나 나는 그렇게 생각하지 않는다. 예전처럼 뛰어다녀야 기적이지 지팡이를 짚고 다니는 것은 수치라고 생각했다. 내 마음대로 몸이 움직이지 않으니 나는 내가 아니라고 생각했다.

같이 어울리던 여자아이 중에서 가장 친했던 은지도 오지 않으니 이제는 이 세상에 혼자 남겨진 기분이다. 사고 난 직후에는 자주 찾아와 빨리 일어나서 다시 같이 재미있게 놀자고 말한 은지는 나에게 작은 등대였는데 이제는 전화도 받지 않고 문자에 응답도 없다.

나쁜 년. 이렇게 욕해 본다.

사고 전에는, 귀찮을 정도로 연락을 자주 하고, 축구장에 찾아와 끝날 때까지 기다리고, 영화 더빙 같은 목소리와 아이돌 같은 표정으로 노골적으로 자기감정을 드러냈다. 내가 키가 커서 마음도 클 것 같다느니, 연예인 누구랑 같이 있는 것 같다느니 하면서 나를 만나면 항상 웃는 얼굴이었다.

그러나 이런 기억조차 사라질까 두렵다. 깊은 곳으로 더 들어가지 못하고 피부로만 느껴지는 추억이지만 같이 했던 시간이

기억 속에서 완전히 사라질 것이 두려워서 샤워할 때마다 물이 닿은 몸이 너무 아프다. 은지와 뽀뽀만 하지 말고 오래 기억에 남을 일들을 만들었으면 계속 찾아왔을까?

나쁜 놈.

나는 나쁜 놈일까. 너희들이 변한 것일까, 6개월 만에 변하는 것은 충분한 시간이라는 것을 인정하지 못하는 것일까.

앉았다 일어났다 몇 번을 반복하고 머리를 쥐어뜯고 머리를 벽에 부딪혀도 가슴이 후련해지지 않았다. 죽음보다 깊이 잠들면 이 고통이 끝날까? 병원 문고에서 빌려온 책에 혹시 답이 있을지 몰라 책을 읽어보기로 했다.

한 번은 쿠마에 무녀가 항아리 속에 매달려 있는 것을 직접 보았지.

아이들이 '무녀야, 넌 뭘 원하니?' 물었을 때 그녀는 대답했어.

"죽고 싶어"

어렵다던 '황무지'를 읽어보았는데 앞부분부터 죽고 싶다는 말이 나오네. 죽음이 곳곳에 널려있어서 여기서는 죽음조차 충격을 주지 않는다.

"아, 죽고 싶어."

"또 왜 그래? 너 수백 번 죽고 싶다고 했는데 아직 살아있는 걸 보니 진짜는 살고 싶은 거지?"

엄마가 또 어느새 뒤에서 듣고 깐족대며 끼어들었다.

"아냐, 나 죽을 거야."

"저 나무들 좀 봐. 나무는 움직이지 않고 제자리에 서 있지만 새들을 불러들이고 사람들에게 그늘을 만들어주잖아."

엄마는 어느 책을 줄을 쳐가며 외웠나 보다.

"그럼 나는 평생 나무처럼 제자리에 서 있으라고?"

"그게 아니고…."

"이쒸, 어쨌든 난 죽을 거야."

"우리나라가 자살률 1위라는데 네가 죽으면 너 때문에 자살률 조금 더 올라가잖아."

"농담이야, 뭐야? 자살률, 내가 알 게 뭐야."

"그렇다면 넌 나쁜 짓을 한 거고 아무 흔적도 남기지 않고 죽으면 허무해서 나도 살기 싫어지잖아."

"나는 나를 파괴할 권리가 있다."

"프랑소와즈 사강을 읽었나 본데…."

"사강?"

"잃어버린 시간을 찾아서에도 나와."

"아, 몰라. 허락도 없이 마음대로 낳았으니 나도 내 마음대로 할 거야."

"파괴할 권리만 있니? 의무는 없고?"

"4대 의무? 배운 거 같은데 국방, 납세, 교육, 또 뭐더라?"

"넌 태어난 목적이 있어."

"무슨 목적?"

"그건 네가 더 잘 알지. 지금 몰라도 언제가 확 깨달음이 올 거야."

"엄마, 근데 나 죽으면 슬퍼할 거야?"

조금은 궁금해서 물어보았다.

"죽는 게 슬픈 게 아니라 죽은 것도 아니고 산 것도 아닌 것이 슬프지."

"아 진짜 원시인이네. 알아들을 수가 없어."

"언젠가는 죽음이 필요할 때가 있을 거야. 그때 죽어!"

"막 죽으라고 하네. 분신자살이라도 하라는 얘기야?"

"왜 앞 얘기는 빼고 뒤 얘기만 들어?"

"죽으라고 했잖아."

"그래? 그럼 말없이 옥상에서 떨어져 죽느니 사회변화를 외치며 광장에서 죽는 것도 나쁘지 않지."

"그럼 나도 분신할까?"

"바로 그거야! 그렇게 죽음이 꼭 필요할 때, 안중근 의사처럼 죽을 수 있다면 그렇게 죽어. 근데 어떤 요구하려고?"

"장애인에게도 미팅권을 식권처럼 나누어 주라."

"그럼 나하고 약속해. 1년 동안 살아보고 그때도 죽고 싶으면 다시 얘기해 보자."

"맘대로 해."

엄마와 대화를 끝내고 그 날밤 나는 1알을 더 채워 수면제 30살을 입에 털어 넣자 스르르 잠이 들었다.

두 개로 보이는 그림

사람들의 목소리가 들린다. 여기는 천국인가, 지옥인가. 엄마 목소리도 들리고 의사와 간호사 목소리도 들린다. 눈을 떠보니 시야가 흐리게 보인다. 오랜만에 깊은 잠을 푹 자고 일어난 것 같은데 배가 너무 아프다.

"3일 동안 자다가 깨어났어."

"죽는 게 그렇게 쉬운 줄 알아?"

"병원은 사람 살리는 곳이야."

비난하는 소리들이 넘쳐흐른다.

이럴 줄 알았으면 미리 인터넷을 검색해 보고 약을 먹을 걸 그랬나? 그러나 나는 죽으려고 한 것이 아니다, 그냥 한숨 푹 자고 싶었던 것이다.

오후에 병실에서 휠체어에 앉아 바라보는 병원 앞 정원이 마치 병실 같다. 움직이지 못하는 저 나무는 어떤 죄를 지었기에 저렇게 꼼짝없이 서서 벌을 서는 것일까.

잎이 떨어진 빈 나뭇가지는 삐죽삐죽 솟구쳐 있다.

나무 밑 벤치에 앉은 환자복을 입은 사람과 가족인 듯한 사람이 말다툼하고 있다.

"왜 저 사람들은 저렇게 싸울까?"

"내가 볼 때는 다정하게 이야기하는 것 같은데…."

엄마 목소리다. 내가 혼자 한 말을 뒤에서 엿들었는지 엄마가 대답했다.

"한 사람은 웃고 있는데 한 사람은 심각한 표정으로 팔을 움직이면서 말을 하잖아."

"아냐, 두 사람 다 신나게 웃으며 이야기하잖아."

"싸우는 거라니까."

엄마는 대답 대신 스마트폰에서 뭔가를 찾기 시작했다. 그리고 어떤 그림을 보여주면서 말했다.

"이게 뭘로 보여?"

"해골로 보이지."

"자세히 봐봐. 또 다른 그림이 있지?"

자세히 보니 양옆에 두 사람이 테이블을 사이로 마주 보는 그림이 보였고 전체를 보면 교묘하게 해골처럼 보이도록 착시현상이 생기는 그림이었다.

"옆에 사람이 2명이 있지?"

내가 대답을 못하자 엄마는 대단한 깨달음을 전하듯 말했다.

"어떻게 보느냐에 따라 세상은 달라 보여."

"아 몰라. 이건 사기야. 처음에 그냥 딱 보면 해골로 보이지."

"그러니까 자세히 봐야 한다니까?"

"처음에 보이는 게 중요하지."

"두 번째도 중요한 거야."

철학과 교수(강사)이자 방학 때는 청소부로 일하는 엄마의 강의는 끝나지 않을 것 같았다. 요즘은 청소부를 환경미화원이라고 하지만 청소부가 본연의 일을 하는 구체적인 표현 같아 나는 청소부, 라는 말이 더 좋다.

"오늘은 청소 안 해?"

이야기 듣기 싫을 때는 다른 이야기로 넘어가야 한다. 이런 것이 바로 철학자 엄마를 둔 아들이 터득한 인생의 지혜이다.

"응, 나도 하루 땡땡이치는 맛이 있어야지."

"아, 나 피곤하니까 잠 좀 자야겠어."

"잠자는 시간은 죽어 있는 시간이야."

하고 싶은 일이 많은데 잠자는 것도 그중 하나고 잠자면 걱정도 잠자고 행복해지는데 어떡해.

꿈을 꾸었다. 나는 휠체어에 타고 있는데 금발의 서양 여자가 다가오더니 셸 위 댄스, 라고 말했다. 오브 코스. 나도 영어로 말했다.

금발 여자는 두 손으로 내 손을 잡더니 끌고 간다. 신기하게도 바퀴가 발에 걸리지 않고 끌고 가며 춤까지 춘다.

나는 허리가 앞뒤로 휘청거려 물에서 흔들리는 수초 같다. 주변을 보니 어느새 초원으로 바뀌었다. 아스팔트가 아닌 들판을 휠체어가 잘 굴러간다. 꿈이라서 가능한 일이다. 여자는 하늘로 붕 떠오른다. 휠체어도 함께 붕 떠오른다. 가슴이 시원해지는 느낌이다. 그런데 여자의 얼굴이 서서히 변하는 것이다. 악, 아까 낮에 보았던 해골로 바뀌었다. 이대로 지옥으로 끌려갈 것 같다. 꿈인 줄 알면서도 무섭다. 나는 손을 놓고 떨어지더라도 해골과 함께 하늘을 날고 싶지는 않다. 손을 놓으니 아래로 떨어진다. 악~~~ 아래로 떨어지는데 해골이 더 빠르게 내려온다. 악~~ ~~~

처음 본 바퀴춤

"왜 악~ 악 거려. 악몽 꿨니?"

해골 얼굴이 어느새 엄마 얼굴로 변했다. 아 깜짝이야.

"공포영화를 본 느낌이야."

"무슨 꿈 꿨길래? 와 저것 봐. 멋있지 않니?"

꿈 내용도 듣지 않고 엄마는 나의 식은땀을 닦아주며 말했다.

뉴스에서 휠체어를 타고 춤을 추는 장면이 나오고 있었다. 나는 떠지지 않는 눈을 비비고 보았다. 한국이 아시안 게임 댄스스포츠 종목에서 3관왕을 했다는 소식이었다.

"신기하다. 어떻게 저렇게 춤을 추지?"

엄마는 과장되게 연기하는 신인 연기자처럼 말했다.

"뭐가 신기해. 휠체어에 앉아서 추면 돼지."

TV 속에서는 조명이 번쩍이는 무대에서 휠체어와 서서 추는 여자 댄서가 절묘하게 조화를 이루며 춤을 추고 있었다.

화면이 바뀌고 남자는 연미복을 입고 휠체어에 앉아 손을 흔들었고 여자 역시 휠체어에서 드레스를 입고 환하게 웃고 있는 장면이 눈에 들어왔다.

"한국의 초강세가 이어진 휠체어 댄스스포츠도 3관왕을 배출했습니다. 듀오 라틴 클래스2에 출전한 이희진-김방수 커플은 삼바, 차차차, 룸바, 파소도블레, 자이브 등 5개 종목에서 모조

리 1위를 휩쓸며 압도적인 금메달을 차지했습니다."

뉴스 멘트의 배경 화면에 등장하는 그들은 금메달을 입으로 깨물며 승리의 포즈를 취하고 있었다.

나는 춤보다는 다른 궁금증이 생겼다.

금인지 아닌지 확인해서 뭐 하려고, 누가 처음으로 메달을 깨무는 포즈를 취했을까.

TV에서 춤추는 영상을 편집하여 보여주었다. 남자와 여자가 손잡고 움직이는 장면이 마치 오로라가 움직이는 것처럼 보였다. 행복하고 즐거워 보였다.

나는 무심코 스마트폰으로 '휠체어댄스'로 검색했다. 영상이 여러 개 검색되어 하나씩 살펴보기 시작했다. 국내 영상도 있었고 해외에서 올린 영상도 있었다.

"너도 저거 하고 싶니?"

엄마가 또 깜빡이도 켜지 않고 끼어들었다. 엄마는 나의 행동을 감시하는 감시자 같다. 나는 아무 말도 하지 않고 눈으로만 댄스 영상을 보고 있었다.

겉으로는 그냥 화려한 느낌인데 부드러운 바퀴로 빠르거나 느리게 구르며 상체와 손만으로 감정을 표현하고 있었다.

나는 인터넷에서 '해골'이라고 검색해 보았다. 옷에 그려진 해골도 있고 문신 문양도 있었다. 그림으로 보면 하나도 무섭지 않았다. 해골을 현실에서 보면 무섭지 않은데 왜 꿈에서 보면 무섭지? 움직여서 그런가?

저녁에 들은 기쁜 소식은 의사가 퇴원 날짜를 잡자고 한 것이다. 드디어 지겨운 병원 생활에서 탈출할 시간이다.

누군가를 만나고 싶다

진눈깨비가 오는 날 퇴원하고 집에만 있었다. 밤에는 영화를 보고 낮에는 잠을 잤다. 새벽에 책을 읽었다. 새벽 시간에는 나 혼자만 깨어있는 것 같아 살아있음을 느꼈다. 그리고 살아있음을 느끼는 또 다른 순간은 자위하는 순간이다.

나의 몸은 나른하고 죽은 느낌인데 센터를 차지한 '존슨'만 강하게 살아있다. 1시간을 하고 나면 손이 아파서 다른 방법이 없나 인터넷을 찾아보게 된다.

여자들은 자기 의지와 상관없이 커지는 게 없어서 좋겠다고 엄마에게 말해볼까? 은지에게 말하면 뭐라고 대답할까? 아마 은지 성격으로는 성희롱이라고 하기보다 '넌 흐르는 게 없어서 좋겠다.' 이렇게 말할 것 같다.

잠시 고민하다가 결국 엄마에게 말해 버렸다. 그러자 엄마는 담담하게 말했다.

"난 스스로 커지는 게 있으면 좋겠다. 그리고 넌 행운아야. 천만다행이야."

"왜?"

"왜 사람들이 소중이라고 하냐면 소중하기 때문에 소중이라고 하는 거야. 너도 아기 낳을 수 있어."

지금 아기 낳고 싶지는 않지만, 누군가를 만나고 싶다. 엄마

하고만 대화하기에는 재미없다. 누군가를 만나고 싶다.

은지는 전화를 안 받으니 민서에게 전화해서 놀자고 하니 뭐 하며 놀 거냐고 물어본다. 막상 말하려니 뭘 하고 놀지 떠오르지 않는다. 같이 책 읽자고 하기도 그렇고 그냥 누워있자고 할 수도 없고, 둘이 앉아서 할 수 있는 것은 보드게임 정도인데 민서는 예전에 보드게임을 싫어한다고 말했다. 민서는 노래 부르고 돌아다니는 것을 좋아한다.

또 누구에게 연락을 해볼까?

떠오르는 이름들이 많다. 서현, 하윤, 아린, 지우.... 그러나 누구에게도 연락하지 못하겠다. 예전에는 얘네들이 먼저 연락했었는데, 나는 받을 때도 있고 안 받을 때도 있었다.

지금 내가 전화를 한다는 것은 입장이 바뀐 것인데 애들이 안 받는다면 이런 경험은 한 번도 없어 내가 감당하기 힘들 것 같았다. 그리고 같이 놀 것이 마땅치 않고 지금은 상황이 달라져 나에게 맞춰달라고 하면 거절할 것 같았다.

어떻게 하면 여자아이들과 쉽게 친하게 지낼 수 있을까 생각하다가 웹소설과 고전 로맨스를 읽어보았다. 웹소설은 패스트푸드고 고전은 한방 정식이다. 2가지를 적절히 먹어야 한다. 성인용 로맨스가 입에 착 붙는 햄버거 같다.

사드의 '소돔 120일'은 책을 보다가 영상으로 갈아탔고 차마 끝까지 볼 수 없었다.

'보바리 부인'에 나오는 루돌프가 마치 내 모습을 보는 것 같아 찔끔 놀랐고 엠마가 마지막에 독약을 먹고 자살하는 부분을 읽고 든 생각은 죽기가 이렇게 쉬운 것인가.

엄마가 전에 이야기한 프랑소와즈 사강을 검색했더니 '브람스를 좋아하세요'가 나왔다. 시몽은 14살 많은 여자 폴을 사랑한다. 나보다 14살 많으면 29살인데 상상이 잘 안된다. 물론 성인이 된 후이므로 비교하기는 어렵지만. 내가 20살이 되면 그 여자는 34살인데... 느낌이 안 온다.

"잠자는 숲속의 공주를 왕자가 깨웠으니 잠자는 방 안의 왕자를 깨울 공주가 필요해."

엄마의 말을 뒤로하고 철학서를 읽고 싶었다. 온라인 서점에서 니체, 카프카, 카뮈, 사르트르... 이런 작가들의 책을 주문했다. 엄마는 배달되어 온 책을 보더니 독한 책이니 조심하라고 했다.

"독한 책이면 잘됐네. 독한 거 읽고 죽어야지."

"맨날 말로만 죽는다고 하네. 죽지 않고 이상하게 살아있으니까 문제지. 독서도 등산처럼 가이드가 필요해. 위험지역에 들어가지 말거나 조심하라고 써 붙이잖아. 책에도 그런 거 써 붙여야 해."

카뮈의 '이방인'이 명작이라고 하는 이유가 뭔지 궁금했다. 이 책도 독한가? '이방인'을 읽고 나니 왜 아무 이유 없이 화가 날까? 벽을 주먹으로 쳤다. 그럼 벽이 부서지는 것이 아니고 내 주먹에서 피가 났다. 그걸 보면 묘한 쾌감이 일었다. 니들이 이 쾌감을 알아, 하며 광고 카피처럼 말하고 싶다.

겨울이 너무 길어서 그랬다. 식탁의 유리를 주먹으로 치니 깨져 피가 흘렀고 엄마의 잔소리에 달력을 마구 찢어버렸더니 엄마가 어디서인가 다시 달력을 구해왔다. 내 탓이 아니다. 다 날씨 탓이다. 겨울은 달리 뾰족한 방법이 없다. 봄이 오면 조금 나아지려나.

"결함은 멋진 거야. 누구에게나 결함은 있어."

엄마는 나의 행동에 아무런 화를 내지 않고 이런 말을 했다.

"그럼 이거 평생 낫지 못하는 거야. 나는 낫는 꿈을 꾸는데."

"꼭 신체뿐만 아니라 누구나 완벽한 인간은 없다는 거야."

어느 날 너무 답답해서 기타를 밟아 부숴버리고 시바, 시바 중얼거리자 엄마가 말했다.

"너 파괴의 신, 시바야?"

그리고 엄마는 화장실 안쪽 문에 A4용지에 글을 프린트하여 붙여놓았다.

희망은 우리가 믿는 것과는 반대로 체념과도 같은 것이다. 그리고 삶을 체념하지 않는 것이다. -카뮈

무슨 말인지 한 번에 이해가 안 되어 여러 번 읽게 만든다. 카뮈는 참 나쁜 사람이다. 그게 바로 엄마가 노린 전략인가? 1주일이 지나면 또 다른 문구로 바꾸어 붙여놓았다.

"살아있음을 느끼기 위해서 몸을 움직이는 거야."

"추워 죽겠는데 어떻게 움직여?"

"전에 텔레비전에서 봤던 휠체어댄스를 해보는 거야."

엄마는 휠체어댄스를 알아보기 위해 인터넷을 검색해 장애인이 휠체어댄스를 할 수 있는 곳을 찾았다.

첫 경험은 왜 두근거릴까?

전화로 상담한 후, 지팡이를 짚고 처음으로 댄스스포츠를 배우러 가는 날, 개나리가 활짝 피었다.

간단한 상담을 하고 시작하기로 했다.

"댄스를 하려는 목적이 뭐지?"

"춤추는 게 멋있어 보여서요."

차마 엄마가 하라고 해서 한다고는 말 못하겠다.

"혹시 모르니 한 가지만 얘기할게. 예전에 50대 남자분이 고등학생 파트너를 좋아하게 되어서 문제가 있었어."

"네? 좋아한 게 문제인가요? 아니면 50대가 문제인가요?

"아니, 그 여학생 집에까지 가서 기다려서 난리 났었지."

"아, 네."

왜 이런 이야기를 나에게 하는지 이해가 되지 않았다.

"댄스스포츠는 장애인 스포츠 중에서 유일하게, 장애인 혼자하는 종목이 아니고 비장애인과 함께하는 종목이야. 그래서 화합이 중요하지. 통합을 보여주는 스포츠지."

이론 이야기는 더 이상 길게 하지는 않았고 바로 휠체어를 타기 전에 먼저 준비 운동을 30분이나 했다.

댄스용 휠체어는 환자용 휠체어와는 생긴 것부터 달랐다. 바퀴가 안정감 있게 사다리 모양이고 앉으면 몸에 딱 맞았고 뒤에 손잡이도 없고 날렵해 보였다.

휠체어에 앉아 아주 간단한 기본 동작을 배웠다. 앞으로 가기, 제자리에서 돌기, 리듬에 맞추어 간단한 동작 하기.

나와 함께 춤출 파트너는 대학에서 춤 전공을 하고 있고 이미 여러 번 전국대회에서 금메달을 딴 소연이라는 대학생이었다.

소연은 스탠다드(모던) 전공이었기에 자연스럽게 나도 스탠다드(모던) 종목을 하게 되었다. 처음 연습은 휠체어를 타고 여자 파트너와 손을 잡고 전진하는 연습을 했다. 영어로 P.P라고 하는데 무슨 단어를 줄인 것인지는 찾아보지 않았다.

연습실을 한 바퀴 돈 다음에 소연은 내 팔을 강하게 쳐올렸다. 아무 말도 없이 그렇게 했다. 나는 그것이 무슨 뜻인지 알 수 없었다. 태어나서 처음으로 하는 휠체어댄스이기에 어떻게 해야 하는지 당연히 알 수 없었고 이론을 배우지 못했기에 그 행동만으로 의미를 전달받을 수 없었다.

거울을 보니 소연의 얼굴이 이상하게 노을빛처럼 붉게 물들어 있었다. 그래서 거울을 가리키며 말했다.

"얼굴 빨개졌다."

소연은 거울에 비친 자기 얼굴을 보더니 아무 말 없이 하던 레슨을 멈추고 잠시 쉬자고 했다. 그날은 연습이 그걸로 끝이었다. 아니 소연과는 그걸로 끝이었다. 다음 주에 갔더니 소연이 은퇴한다는 것이다.

왜 나하고 한 번 맞춰보고 나서 갑자기 은퇴한다는 거지? 나 때문인가? 잠시 생각하다가 그렇게 생각하지 않기로 했다. 원래 은퇴하려고 했나 보지. 자세히 이야기를 들어보니 대학원에 진

학하기 위해 시간이 없다는 것이다.

　그 후 나는 1달 동안 파트너 없이 혼자 연습했다. 1년 이상을 외롭게 혼자 지냈는데 다시 또 혼자 외롭게 연습을 해야 하다니. 스탠딩 파트너 구하기는 힘들다고 한다. 휠체어 상대 파트너가 되려면 기본적인 댄스를 할 줄 알아야 하고 휠체어를 어느 정도는 접한 경험이 있어야 한다. 그리고 아무런 보수가 없기에 하려는 사람이 드물다.

　어느 날 처음 보는 여학생을 감독님이 인사를 시켰다.
　"인사해, 여기는 앞으로 네 파트너가 될 루비야."
　얼굴은 고양이상이고 키는 보통이었다. 머리는 노란색으로 물들였고 생머리를 뒤로 묶었다.
　"안녕. 예쁘게 생겼네. 난 루비야. 내 이름 예쁘지?"
　특이한 캐릭터다. 나를 먼저 예쁘다고 칭찬하고 자기 이름도 예쁘다며 자화자찬한다. 남자한테 예쁘다는 말이 좋은 말인지 모르겠지만 가끔 듣는 말이라 반발하지는 않았다.
　그런데 내가 몇 살인지 알고 반말하지? 이런 생각이 들었다.
　"루비... 님도 귀여워."
　나도 칭찬해야 할 것 같아 형식적으로 말했다. 그녀는 오래전부터 알고 있었던 것처럼 쾌활하게 말했다.
　"아 그래, 고마워. 난 17살 고 1이야. 넌 몇 살이야? 중학생 같긴 한데…."
　헉, 어떻게 알았지? 얼굴에 써있나?

"난 16살⋯."

나는 거침없는 그녀의 태도가 도전적으로 느껴져 나도 반말로
말했다.

"그럼 중3이겠네."

"사고로 1년 쉬어서 중2야."

"아, 그래? 이름은?"

"몽도... 주몽도..."

"아 그래. 내가 나이가 많으니까 누나라고 불러."

나는 당황했다는 것을 전달하려고 빤히 그녀의 얼굴을 쳐다보
았다. 하지만 그녀는 아랑곳하지 않고 계속 말했다.

"그리고 존댓말 써."

기분 나쁜 명령처럼 들려 나는 바로 반발했다.

"서른 살 많은 엄마한테도 존댓말 안 쓰는데... 그냥 반말할
거야."

루비는 기분 나쁜 표정을 감추지 못하는 성격 같았다. 눈살을
찌푸리더니 표정이 굳어지고 말투가 딱딱해졌다.

"까칠하긴."

나는 잠시의 여유를 주지 않고 바로 이어서 강하게 펀치를 날
렸다.

"그리고 너라고 부를 거야?"

"뭐? 뭐? 왜? 왜?"

루비는 분명 당황했다. 나는 부드럽고 차분하게 말했다.

"나는 한국어에 존댓말이 있다는 것이 싫어. 영어처럼 유(you)라는 의미로 너라고 부를 거야. 그리고 지금은 1살이 큰 차이

가 나지만 나중에 20살이 넘으면 1살은 도토리 키재기가 될 거야."

"그래?"

"한국의 연장자 우대 호칭 개웃겨. 나이만 많으면 대접받는 사회, 한국은 정말 '대박!'이야. 나도 외국에서 살다가 나이 들면 한국에 올까 해? 아무것도 안 했는데 나이가 많다는 이유로 존경받잖아."

"너어, 그러면 너보다 나이 어린애가 너한테 반말하고 이름 불러도 괜찮아?"

"응, 괜찮아."

"좋아. 조금 건방진 느낌이지만 줏대가 있으니 좋아. 하지만 그 이상은 아니야."

루비는 짧은 한숨을 내쉬더니 한 발 뒤로 물러나며 말했다.

"잠깐 쉬었다 하자."

루비는 약간 상기된 얼굴로 정수기 쪽으로 가서 물을 마셨다. 나는 따라가지 않고 멀리서 루비의 얼굴을 쳐다보았다. 루비도 멀리서 물을 다 마시며 나를 쳐다봤다. 루비는 물을 다 마시고 나서 천천히 다가왔다.

루비는 더 이상 말하지 않고 바로 연습에 들어갔다.

"오늘은 첫날이니까 기본 동작만 배워보자. 먼저 준비 운동은 해야 해. 안 하면 다치니까 꼭 해야 해."

레슨하는 루비 말투가 너무 강압적이고 딱딱해서 이대로 레슨하다가는 끝나기도 전에 숨 막혀서 사망할 것 같았다.

"잠깐."

나의 돌발적인 차단에 루비는 눈을 크게 뜨고 또 뭐냐는 표정을 지었다.

"처음 만난 기념으로 루비로 이행시를 지어볼게?"

뜬금없는 나의 말에 그녀는 시원하게 받아넘겼다.

"그래? 그럼 해 봐. 재미있겠네."

"운을 떼어줘. 루비."

"루."

"룰루랄라 신나게 즐기자."

"룰이 아니고 루잖아. 어쨌든 비."

"비단처럼 부드러운 루비와 함께."

빵, 고무풍선이 터지듯 그녀는 웃음이 터졌다. 왜 빵, 터진다는 표현을 쓰는지 그녀의 웃음소리를 들으니 알 것 같다. 진짜 풍선 터지는 소리가 들리는 것 같았다.

"이런 거 좋아하는구나."

"너, 시인이구나."

"시인은 뭘? 그냥 쉬운 사람이지."

"깔깔깔 너 진짜 재밌다. 말은 재미있는데 표정은 무표정이야. 그거 매력적이다."

"너도 개예뻐."

"그런 말은 처음 듣는다. 예쁘면 예쁘지 왜 개를 붙여. 욕 같잖아."

말은 그렇게 했지만, 루비는 그리 기분 나쁜 표정은 아니었다. 한 번 웃고 나니 표정이 풀어지고 분위기가 부드러워졌다. 즐거워진 루비의 마음을 느낄 수 있었고 그녀는 친절하게 가르쳐 주었다.

몸통 돌리기, 목 돌리기, 허리 굽히기, 팔 뒤로 젖히기. 정말 다양한 동작으로 준비 운동을 한다는 것을 처음 알았다. 그 동작이 30가지도 넘었다.

"댄스스포츠는 라틴과 스탠다드로 나뉘는데 라틴 다섯 종목, 스탠다드 다섯 종목이 있어. 오늘은 라틴 중에서 뉴욕이라는 동작을 배워보자. 한쪽 팔을 위로 힘차게 뻗고 손가락을 쫙 펴."

"왜 이 동작을 뉴욕이라고 하는 거야?"

나는 정말 궁금해서 물었다.

"그건 몰라. 그냥 해."

"이 동작이 뉴욕에 있는 자유의 여신상과 같아서 그런 거 아닐까?"

"깔깔깔깔 아, 정말 그러네. 너 천재다."

갑자기 천재가 된 나는 다음 동작으로 루비의 손을 잡고 한 바퀴 도는 동작을 했다. 루비는 작은 손을 내 눈앞에 내밀었는데 너무 작고 흰 손이었다. 거기와 비교하면 나는 두툼하고 핏줄이 불거진 칙칙한 손이었다.

여자 손은 많이 보았지만 그렇게 예쁜 손은 처음 보았다. 갑자기 가슴이 두근두근 뛰기 시작했다. 그 소리가 루비에게도 들릴 것 같은 느낌이었지만 들리면 어때.

손을 쳐다보기만 했는데 가슴이 뛰는데 잡으면 어떻게 될까? 터지지 않을까? 나는 조금 주저하자 루비는 다그쳤다.

"빨리 잡아."

성질도 급하긴. 루비가 재촉하자 에라 모르겠다, 케세라세라

나는 덥석 그녀의 손을 잡았다. 그 순간 갑자기 쌀 것 같았다. 표현이 너무 이상했나? 오줌이 마려웠다는 얘기다.

"잠깐, 화장실 좀 갔다 올게."

"까르르 깔깔깔깔"

휠체어 바퀴를 굴려 재빨리 화장실로 가는 뒤에서 루비의 경쾌하고 하이톤의 웃음소리가 들려왔다. 왜 웃는지는 잘 모르겠지만 화장실 가는 것이 그렇게 웃기는 일인가?

아무튼 나 때문에 빵, 빵 잘 터지니 기분이 좋았다.

언제 끝날까, 나조차 기다리기 지루한 오줌 줄기가 1분 이상을 길고 힘차게 양변기에 내려꽂혔다. 소변을 보고 다시 오니 루비는 내 손을 쳐다보며 말했다.

"손 씻었어?"

"응, 바지에 닦았어."

"빨리 손 씻고 와."

"나 손 깨끗해."

"난 그 손 잡기 싫어."

나를 애기 취급하는 것 같아 기분이 나빠 한 번 반발했지만 계속 반발하면 분명 찌질하게 싸울 것 같아 나는 바로 가서 손을 씻고 왔다.

"애기인 줄 알았는데 손은 크네."

놀리는 것인지 칭찬인지 잘 모르겠지만 웃으며 이야기하는 것을 보니 싫은 느낌은 아닌 것 같았다.

"난 남자 손을 하도 많이 잡으니까 아무 느낌이 없어."

루비는 물어보지도 않은 말을 했다. 나는 진정으로 궁금한 것을 물었다.

"몇 년 했는데?"

"초등학교 3학년 때부터 했어."

"궁금한 게 있는데... 댄스스포츠는 댄스야, 스포츠야?"

"댄스이기도 하고 스포츠이기도 하지."

"너는 한국 소년인데 한국인이니, 소년이니?"

"한국인이기도 하고 소년이기도 하지."

"그거랑 똑같아."

"하하하 이해가 팍팍 오네."

정말 그 설명이 아주 적절한 설명이었다. 댄스스포츠는 댄스이기도 하고 스포츠이기도 하다. 나는 한국인이기도 하고 소년이기도 하다. 루비가 오히려 시인 같았다.

첫날 연습이 끝나고 나도 루비에게 뭔가를 가르쳐 주고 싶었다.

"휠체어, 가까이에서 보는 거 처음이지?"

"응."

"휠체어 바퀴 빼는 거 가르쳐 줄게."

나도 여기 와서 배운 휠체어 바퀴를 빼는 것을 의기양양하게 가르쳐 주었다. 나도 루비에게 배웠으니 가르쳐 줄 것이 있어야 할 것 같은 기분이었다. 바퀴의 가운데 단추를 누르니 헐거워지면서 바퀴를 뺄 수 있었다.

"한번 해 봐."

루비는 가르쳐 준대로 했으나 손힘이 약한지 잘되지 않았다. 나는 능숙하게 해내자 입을 삐쭉거리며 빈정댔다.

"휠체어 운전사라서 잘하네."

어떻게 들으면 장애인 비하 같은 말이지만 루비가 말하니 그냥 재미있는 농담처럼 들렸다.

"칭찬이야 뭐야? 근데 루비, 휠체어댄스를 하게 된 계기는 뭐야?"

"그냥 재미있을 거 같아서…."

"입시에 특기자 점수 주는 건 없어?"

"아, 씨! 몰라. 그런 걸 왜 물어?"

갑자기 욕 같은 말을 들으니 상쾌하면서도 까칠한 성질이 언제 튀어나올지 몰라 방어를 잘해야겠다는 생각이 불쑥 들었다.

그렇게 한 달을 라틴 기본 동작하다가 갑자기 루비가 말했다.

"오늘은 폭스트롯을 할 거야."

"라틴 하다가 왜? 폭스트롯은 스탠다드 종목 아니야?"

"응 맞아. 감독님이 그렇게 하라고 해서."

"그렇구나. 난 라틴 하고 싶은데…."

"일단 감독님이 하라고 하니까 하고 나중에 다시 라틴 하면 되잖아."

나는 입을 꽉 다물고 시무룩한 표정을 지었지만, 루비는 신경 쓰지 않고 폭스트롯에 관해 설명했다.

"폭스트롯은 4분의 4박자로 여우가 걷는 것처럼 경쾌하고 천천히, 빠르게 반복적으로 하는 거야. 슬로우 퀵, 슬로우 퀵. 알았지?"

"응, 그러니까 여우처럼 트로트를 하는 거네."

"맞아. 너 천재네."

천재라는 말을 자주 들으니 장난처럼 여겨졌지만 나쁜 말은 아니니 그냥 칭찬이라고 생각하고 기분 좋게 받아들였다.

"장애인들은 천재가 많다는데….”

어디서 들은 이야기인지 몰라도 고정관념을 고쳐주고 싶어서 말했다.

"장애인들이 천재가 많은 게 아니라 천재인데 장애인이라 부각되서 그렇지.”

"그렇다고 그렇게 따지냐?”

"따지는 게 아니야, 그냥 잘못 알고 있어서 말한 것뿐이야.”

"잘못 알고 있는지 맞는지 네가 어떻게 알아? 전문가야?”

일이 커져 버렸다. 그냥 알았다고 하고 끝내버리면 또 얼버무린다고 계속 물고 늘어질 것 같다.

"여기저기서 읽어보니 그렇다고 하더라구.”

"정확하게 어디서 읽었는지 말해봐.”

이건 분명 싸우자고 덤비는 것이다.

"그래 다음에 찾아서 보여줄게.”

나는 사소한 일로 싸우기 싫고 키스 해링이 그렸던, 제목은 알 수 없지만 서로 손을 마주 잡은 두 사람처럼 즐겁게 하고 싶었다.

지역 대회 개회식마다 전국회장의 개회사에서 이런 말을 들은 적이 있다.

'장애인댄스스포츠는 장애인의 신체적 정신적 자립심 도모, 자립심 고취, 사회성 발달, 스트레스 해소, 긍정적 효과, 장애인과

비장애인이 함께 어우러지는, 장애인에 대한 편견을 없애는….'

과연 댄스스포츠가 그런지 나는 직접 해보면서 확인해 보고 싶었다. 그런데 지금 상황은? 그런 것과는 거리가 멀다. 우리의 결말이 어떻게 될지 나도 정말 궁금하다.

루비는 더 이상을 말을 잇지 않고 나의 두 손을 잡고 빠르게 연습실을 한 바퀴 돌았다.

어제까지만 해도 이럴 때는 마치 차를 타고 달리는 것 같기도 하고 오토바이나 자전거를 타고 달리는 상쾌한 기분이었는데 지금은 과속운전으로 사고 날까 두려운 기분이다.

루비에게 맞으면 아프다

8월이 지나고 9월이 되니 장애인 전국 체전을 위해 본격적으로 연습했다. 나는 그냥 연습하고 춤추는 것이 좋은데 장애인 전국 체전에 나가서 메달을 따야 한다는 것이다. 1주일에 한 번 하던 연습이 두 번으로 늘어났다.

"이거 자주 들으면서 익숙해져야 해."

루비가 보내준 파일을 다운받으니 영어로 된 음악 파일 제목들이 보였다.

Why don't you do right.

Can't get you out of my mind.

Go to the limit

번역해 보면 '왜 제대로 하지 않는 거야'. '널 내 마음속에서 지울 수가 없어'. '한계 끝까지 가라'.

첫 번째 제목은 루비가 나에게 하는 말 같았다. 두 번째 제목은 자기 마음속 표현인가? 마지막 제목도 나에게 하는 말 같았다.

"하루 25번씩 한 달에 100번만 하자."

루비는 전국 체전 날짜가 다가올수록 강하게 몰아붙였다.

"야, 그렇게 하면 안 돼. 몸을 바짝 세우고 어깨는 내리고 팔을 뒤로 밀리지 말고….”

아주 강하게 훈련을 시키니 몸을 유지하려면 쥐가 나는 것 같고 온몸이 아프다고 소리 질렀다.

"남자가 왜 이렇게 힘이 없어? 상체를 꼿꼿이 세워야지.”

춤이 이렇게 고통스러웠나? 남에게 아름답게 보이려고 나는 고통을 견뎌야 하는 건가? 갑자기 즐거웠던 춤이 괴로운 일이 되고 말았다. 하고 싶어서 하는 것이 아니고 의무적으로 해야 하는 것이 되자 고통이 되었다.

"아니 그렇게 하지 마. 고개는 쭉 빼야지. 거북이처럼 왜 그래?”

연속해서 같은 자세로 상체를 꼿꼿이 세우다 보니 힘이 빠져 약간 등이 굽어졌나 보다.

"나 거북이 아닌데….”

"그럼 사슴처럼 목을 쭉 빼 봐.”

루비는 내 머리를 두 손으로 잡고 위로 쭉 치켜올렸다. 작은 손에서 어떻게 저런 센 힘이 나오는지 목이 뽑힐 것처럼 아팠다. 나는 비명을 지르며 말했다.

"아야, 나 사슴 아니고 사람이야.”

"야!”

그때 갑자기 배구공을 강타하듯 등에서 쫙 소리가 났다.

"아 따가워.”

방금 루비가 내 등을 힘껏 내려친 것인가. 미처 보지 못하는 사이에 갑자기 당한 일이라 어리둥절했다. 순간적으로 일어난 일이라 "왜 때려?" 이런 말도 나오지 않았다.

"난 프로야."

루비가 강하고 크게 외쳤다.

"갑자기 왜 프로 얘기를 꺼내? 프로면 야구처럼 돈을 벌어야 하는데 그럼 이걸로 돈 벌어?"

나는 갑자기 화가 나서 물었다.

"뭐라구?"

"돈을 버냐구?"

"너 지금 돈 얘기 했어? 돈은 벌 때 되면 벌겠지? 너는 돈 벌어?"

"난 프로가 아니니까 돈 못 벌지."

"그럼 돈 얘기 하지 마."

"니가 먼저 프로 얘기했잖아."

"뭐 니가?"

이야기가 엉뚱하게 돈 얘기로 넘어갔다가 이상한 쪽으로 발전될까 봐 나는 말을 멈추었다. 기분이 좋지 않아 나머지 연습은 집중이 안 되었고 빨리 끝나기만을 기다렸다.

그날 밤, 집에 가서 잠자려고 누우니 자꾸 그 생각이 났다.

이유도 없이 갑자기 등짝을 맞으니 집에 와서 생각하니 화가 나는 것이었다.

나는 이대로는 잠이 올 것 같지 않아 루비에게 문자를 보냈다.

〈저기…. 나 그만둘 거야.〉

〈머? 왜?〉

1초 만에 바로 답장이 왔다.

〈그렇게 때리면 기분이 안 나〉

〈잘하라고 그런 거지〉

〈그래도 난 즐겁게 하고 싶은데〉

〈난 프로야. 프로가 볼 때 그렇게 하면 안 돼〉

〈국내에 장애인 프로팀이 있어?〉

〈몰라. 스탠드 프로란 말야!!〉

〈그래도 말로 해야지.〉

한동안 아무 답변이 없다가 10분 후에 문자가 왔다.

〈하기 싫으면 그만 해! 감독님에게 말할게…〉

루비가 화가 난 것 같아 나도 더 이상 답장을 보내지 않았다. 그 후 루비에게서 아무런 연락이 없어 연습에 안 가려 생각했다. 하지만 연습 일이 다가오자 연습하는 모습이 눈에 어른거리고 궁금해졌다. 그래도 먼저 문자를 보내고 싶지 않았다.

3일째 되는 저녁에 루비의 문자가 왔다.

〈일단 내일 나와서 얘기하자〉

전화가 아닌 문자로 해서 오해가 생길 수도 있으니 직접 가서 이야기해 보고 싶었다. 문자는 억양도 없고 감정이 없고 내 마음대로 해석해 버린다. 그래서 오해하는 경우가 많았다.

다음날, 연습실에 도착하니 루비는 아무렇지도 않은 듯 즐겁게 다른 동료들과 이야기하고 있었다. 루비가 나를 보자 반가워하며 초콜릿을 내밀었다.

"먹을래?"

의외였다. 무슨 의도일까? 아마도 더 이상 싸우지 말고 즐겁게 하자는 신호 같았다.

"아니, 괜찮아. 이거 먹으면 이빨 닦아야 하잖아."

나는 무안하지 않게 부드럽게 거절했다.

진정으로 나는 입에서 냄새를 풍겨 누구에게라도 괴로움을 주고 싶지 않았다. 예전에 언젠가 루비의 입에서 방금 햄버거 먹었다는 것을 광고하듯 냄새가 났을 때는 나는 음식을 먹으면 꼭 양치질하리라 생각했고 되도록 연습 전에는 아무것도 먹지 말아야겠다고 결심한 적이 있었다.

몸이 근접되어 붙어서 춤을 추는데 냄새가 안 나게 하는 것은 파트너에 대한 예의라고 들었고 나도 그렇게 생각한다.

감독님이 아무 말 없는 것 보니 루비가 감독님에게 말하지는 않은 것 같았다. 스마트폰 문자로 한 이야기를 더 이상 이어가지 않고 바로 연습을 시작했다. 루비는 내가 반발한 것이 신경 쓰이는지 말과 행동이 조심스러워진 것 같았다.

연습이 끝나고 같이 나와 언덕을 나란히 올라오는 길에서 나는 물었다.

"팔 좀 잡아도 돼?"

"응. 잡아."

루비는 팔짱을 낄 수 있도록 나에게 팔을 벌려 주었다. 나는 남자 친구라도 된 것처럼 루비의 팔을 잡고 언덕을 올랐다. 나는 누군가의 팔을 잡고 가면 사랑받는 느낌이 들어서 기분이 좋아졌다.

전철 안에서 루비는 치아교정을 했다면서 입을 벌려 보철물을 보여주기도 했다. 그러니까 문자로 다툰 일은 잊어버리고 더욱 친하게 하자는 의미인가.

그 후로 루비는 거친 말과 행동을 조금 자제하는 것 같았다. 생각대로 잘 안되면 한숨을 쉴 뿐 나에게 큰 소리로 다그치지 않았다.

그러다 가끔 이해 못할 정도로 소리 지르는 경우도 있었는데 이런 경우다. 나는 아직 루비가 안 온 것을 확인하고 휠체어 바퀴에 바람이 빠져 동료 형에게 바람 좀 넣어달라고 하며 복도에서 같이 넣고 있는데 갑자기 나타나더니 소리를 질렀다.

"빨리 와서 연습해. 거기서 뭐 하고 있어?"

"바퀴에 바람 넣고 있잖아, 안 보여?"

"아, 그래? 빨리 넣어."

이렇게 루비는 즉흥적으로 행동하고 갈피를 잡지 못하고 중구난방, 천방지축이었다. 앞으로 어떻게 파트너로서 같이 즐겁게 춤을 출지 앞으로가 걱정이었다.

첫 시합에 금메달

장애인 전국 체전이 하루 앞으로 다가왔다. 전날, 체전이 열리는 지역으로 가서 하룻밤 숙박을 해야 한다. 감독님을 비롯하여 모든 선수가 이날만을 위해 준비했다는 듯이 열의가 차올랐다. 우리를 댄서가 아니라 선수라고 부르고 감독, 코치도 있으니 댄스보다는 스포츠에 더 가깝다는 생각이 들었다.

전국 체전 첫 시합의 분위기는 처음 보는 환경이라 모든 것이 낯설었다. 쿵쿵, 귀가 아닌 심장을 울리는 음악과 천정에서 번쩍이는 조명으로 인해 이상하게 흥분되었다. 현장에서는 온몸으로 느낄 수 있었다. 그래서 모든 것은 직접 체험해 보아야 한다는 말이 실감 나는 순간이었다.

그리고 전국에 이렇게 많은 휠체어댄스 선수가 있을 거라고는 생각을 못 했다. 유명한 선수들도 보였다. 영상에서 본, 경력이 화려한 선수도 있었고 우승 후보자들의 모습을 다 볼 수 있었다.

여기저기 의상들이 반짝이로 번쩍번쩍 빛났다. 모두 휠체어가 제 몸처럼 자연스럽게 움직이니 장애인처럼 보이지 않았다.

나도 댄스복으로 차려입자 루비가 메이크업과 헤어를 해주겠다고 했다. 둥근 형겊으로 내 얼굴을 두드리고 얇은 빗으로 머리를 바짝 빗는데 처음 느끼는 기분이었다. 마치 연예인이 된 기분이었다. 하긴 요즘 나는 대부분이 처음 경험하는 것이다. 메이크업을 해주는 손길은 뭔가 간질간질한 느낌, 나른하고 꿈결 같은 느낌, 엄마가 다정하게 어루만지는 느낌. 이것이 가장 근접한 표현인데 이 정도 표현밖에 못 하겠다.

"몽도는 얼굴 윤곽이 제일 뚜렷하니까 제일 눈에 잘 띄어."

루비는 메이크업을 해주면서 칭찬을 해주었다. 예의상 말하는 것이 아니라, 느낀 대로 말하는 것 같아 더 기분 좋았다.

"춤은 얼굴로 추는 건 아니잖아."

나는 정말 그렇게 생각이 들어 솔직하게 말했다.

"아냐, 얼굴로 추기도 해. 표정도 보거든. 사람 심리는 똑같아. 잘생긴 사람한테 먼저 눈이 가잖아."

루비는 능숙하게 눈썹을 칠해주고 머리도 젤을 듬뿍 발라 넘겼다. 춤을 외모로 평가하는 것은 아니지만 시각적으로 보여지는 경기이니 의상이나 외모는 상당히 중요한 것 같았다. 여자의 경우는 의상과 머리를 하기 위해 경기 3시간 전부터 와서 메이크업과 머리를 만지고 올렸다.

나와 루비는 룸바와 차차차 2종목에 출전했다. 벽에 붙은 대진표를 보니 내가 참가한 종목에 열세 팀이 참가했다. 예선에서 여섯 팀을 뽑고 다시 결승에서 금, 은, 동메달을 뽑는다.

우리 차례가 돌아오기 직전까지 루비는 로비에서 마지막 연습을 하자고 했다. 나는 그냥 즐기자고 했다. 루비의 얼굴에서 불만이 터지려는 것을 참는 것이 역력했다. 나는 그냥 모르는 체했다. 그러나 결국은 루비의 계속된 고집에 못 이기고 로비로 끌려 나가 마지막 연습을 했다.

"몸에 힘을 주고 쭉 뻗기만 해."

나는 낯선 곳에서는 잠을 못 자는 스타일이고 너무 일찍 일어나 몸이 굳어 있었지만 나는 있는 힘을 다해 몸에 힘을 주고 길게 스트레칭을 하듯 몸을 늘렸다.

"웃으려면 활짝 웃고 무표정으로 하려면 무표정으로 해. 어설프게 바보처럼 그러지 말고."

얼굴 근육이 굳어 잘 움직이지 않는 나의 표정에 대해 루비가 지적한 것이다. 나는 무표정으로 결정하고 웃지 않았다.

막상 시합이 시작되자 그다지 떨리지 않았다. 나는 그냥 메달보다는 춤 자체를 즐겁게 하겠다고 생각하니 떨리지 않았다.

대기 중에 루비의 손을 잡았는데 손이 차가웠다. 루비 같은 성격이 긴장하다니 시합은 시합인가 보다.

"긴장했어?"

"아이 몰라."

10월 중순의 날씨에 얇은 의상만 입은 루비가 추워 보여서 트레이닝복을 루비 어깨에 걸쳐주었다.

예선이 끝난 결과, 차차차는 7위로 결승에서 떨어졌고 룸바는 결승에 진출했다. 그것도 예선 1등으로. 결승전을 위해 플로어에 입장하고 참가한 여섯 팀이 제자리에 섰다. 루비와 나는 적당한 거리를 유지하며 마주 보았다. 루비는 억지로 미소를 연기하며 웃어 보였다. 나도 한 번 웃어주고 긴장을 풀려고 했다.

음악에 몸을 맡겨 무아지경으로 추고 있는데 갑자기 저쪽에서 쿵, 하는 소리가 들렸다. 돌아보니 다른 팀의 휠체어가 넘어져

있었다. 중심을 잃은 휠체어는 뒤로 널브러져 있었고 거기에 탄 사람은 스스로 일어나지 못하고 있었다.

사람들이 황급히 휠체어를 일으켜 세웠다. 다행히 다치지는 않은 것 같았다.

중간에 넘어지면 시합은 처음부터 다시 한다는 것을 그때 알았다. 재시합이 시작되자 아까 넘어진 팀의 휠체어가 또다시 넘어지고 나니 긴장이 완전히 풀렸다.

1분 30초의 춤추는 시간이 끝났다. 1분 30초의 짧은 순간을 위해 연습한 시간이 몇 시간인가. 계산이 잘 안된다. 세상 모든 것이 그런 것 같다. 시험 날 하루를 위해 1년을 공부하고, 강사들은 1시간을 강의하기 위해 많은 시간을 준비한다. 특히 운동선수들은, 그중에 육상선수들은 몇 초를 위해 수많은 연습 시간을 바친다.

결과 발표를 기다리는데 저쪽에서 우리 팀 선수들이 환호성을 울렸다. 다가가 알아보니 나와 루비가 룸바에서 금메달을 딴 것이다. 처음 출전해서 금메달을 딴 것은 드문 일이라고 했다.

루비는 그래도 한 종목이라도 금메달을 따서 안도하는 느낌이었다. 그녀는 웃는 얼굴을 숨기지 못하고 어린아이처럼 너무 좋아했다.

그제야 루비는 같이 기념사진을 찍자고 했다. 금메달을 따니까 루비는 나에게 무척 친절해진 것 같았다.

내 옆에 나란히 서서 지나가는 사람에게 핸드폰을 내밀어 사진을 찍어달라고 했다. 아마 메달을 따지 않았다면 사진도 안 찍었을 것 같았다. 나는 자연스럽게 루비의 허리에 손을 올렸는데 루비는 슬쩍 내 손을 치웠다.

루비는 자신을 위해서 금메달을 딴 것만은 아닌 것 같았다. 협회에도 누를 끼치지 않아서 다행이라 생각하는 것 같았다.

가을에 대회가 끝나면 내면 봄까지는 본격적인 연습은 없고 집에서 동면하게 된다.

나는 이것으로 마지막이라 생각하고 다시는 댄스 연습에 가지 않으리라 생각했다. 그냥 좋은 추억으로 남기고 싶었다. 왜냐하면 생각보다 그다지 즐겁지 않았기 때문이다. 나를 위해 댄스를 하는 것이 아닌 남을 위해 하는 것 같았다. 나의 영광과 즐거움보다는 팀의 우승이 더 중요하고 우리는 팀의 우승을 위해 의무적으로 댄스를 하는 것 같았다.

"세상에 나를 위해서만 살면 산속에 들어가서 살아야 해."

엄마는 또 꼰대가 되고 싶은가 보다.

"나도 처음에는 나만 위해 살았는데 살아보니 남을 위해 사는 것도 기쁨이 될 수 있어."

"오케, 거기까지."

"혼자만 즐기는 것은 마스터베이션이고 같이 즐기는 것은 사랑이다."

"이젠 성교육까지? 오케, 이제 그만."

이참에 궁금한 것을 엄마에게 물어보았다.

"단 몇 초를 위해 많은 연습을 한 육상선수들은 참 허무할 것 같아."

"그러나 좋은 기록을 세우면 영원히 남기에 결코 짧은 순간은 아니야."

같은 질문에 루비는 이렇게 대답했다.

"원래 다 그러는 거 아냐? 뭐가 허무해. 쾌감은 짧아야 좋아."

긴 겨울 동안 무슨 책을 읽을까, 도서 목록을 작성하고 있는데 루비에게서 전화가 왔다.

"겨울에도 연습하러 나오라는데…."

"나는 이제 그만 하려고 해."

"왜?"

"나는 춤이 좋아서 추고 싶지, 메달 때문에 하고 싶지 않아."

"그래도 메달은 결실이잖아. 결실도 중요하지."

"그냥 연습하는 과정이 재미있고 손잡고 움직이는 것이 재미있어서 한 거지 억지로 하고 싶지 않아."

"너 예전에 축구 했다고 했지? 축구도 골을 넣고 이겨야 하는 거잖아."

"그런데 그건 경기 자체가 그렇게 정해진 거잖아. 춤은 예술도 될 수 있는데…."

"예술도 대회에서는 어디서나 다 등수를 매겨."

루비와는 결론 없이 대화가 끝나고 나는 겨울 연습에 나가지 않았다. 루비도 연습에 참여했는지 연락을 해보지 않아 알 수 없었다.

새로운 파트너 지니

겨울이 너무 길어서 봄이 언제 올까, 영영 오지 않을 것만 같지만 어김없이 새로운 봄이 왔다.

"1년 동안 살아보니 어때? 그래도 죽고 싶어?"

엄마의 별명을 깐숙이로 지어야겠다. 엄마는 또 깐죽대며 말했다.

"몰라. 조금 더 살아보고…."

"그래, 죽는 것보다 사는 게 낫지?"

1년 동안 장애인으로 살아본 소감은, 죽는 것보다는 사는 게 낫다고 느낀 것은 아니다. 신은 공평하다고 느꼈다. 너무 상식적이라 폭탄을 던지고 싶을 만큼 지루하지만 신은 내 다리를 빼앗은 대가로 다른 것을 주었다. 팔 힘이 더 강하게 해주었고 앉아 있는 시간을 많아 책 읽는 재미를 느끼게 해주었다.

4월, 꽃샘추위가 강하게 찾아와 꽃잎이 다 떨어진 어느 날이었다. 단장님에게서 전화가 왔다.

"다시 나와서 춤춰야지?"

보통은 3월부터 연습에 들어가는데 내가 아무 말 없이 나오지 않자 1달 정도를 기다리다가 나에게 전화를 한 것이다.

"몸은 괜찮지? 올 거지? 잘하는데 이번에도 메달 따야지."

단장님은 한꺼번에 두 가지를 질문하고 한 가지 희망 사항을 말했다.

"네."

나는 얼떨결에 대답했는데, 가겠다고 대답한 것이 아니라 몸은 괜찮다는 뜻인데 가겠다고 들은 것 같다.

"그래 기다릴게."

엄마가 거들지 않았으면 정말 가지 않았을 것이다.

"그렇게 하고 싶었던 것이고 그래도 즐겁게 했잖아. 남 신경 쓰지 말고 메달은 덤이라고 생각해."

엄마의 권유를 핑계 삼아 나는 한 번 더 해보기로 했다.

다시 나간 연습실에는 루비는 없고 새로운 여학생 2명이 개인 연습을 하고 있었다. 대학생인지 고등학생인지 확실치 않았다.

루비는 대학 입시 준비한다고 그만하겠다고 했다 한다.

실기로 갈 거면서 무슨 준비? 그렇게 하자고 해놓고 자기가 안 하네.

나는 연습하고 있는 둘 중의 한 명이 나의 새로운 파트너가 될 거라는 것을 단번에 직감했다. 개인 연습이 끝나자 그중에 한 명이 다가와 인사했다.

"안녕하세요."

"네, 안녕하세요."

"아이, 민망해. 난 지니예요."

"난 몽도예요."

민망하다고 말하는 거 보니 부끄러움을 많이 타는 성격 같았다. 루비와는 정반대로 상냥하고 예의 바르고 부드러웠다.

"휠체어댄스는 처음이에요?"

나는 왜 매번 이것이 궁금할까?

"네 처음이에요."

"일반 춤은 추었어요?"

"취미로 잠깐 했어요."

"아, 네…. 어떤 계기로 하게 됐어요?"

진정 궁금해서 물어본 것인데 심문하듯 느껴질 것 같다.

"TV에서 하는 거 보고 해보고 싶었어요."

그날은 처음이라 손을 잡고 서로의 힘을 이용하는 텐션을 연습했다. 텐션이란 미는 힘과 당기는 힘으로 춤이 이루어지는데 서로 밀었다 당겼다 해보며 파트너십을 맞춰보는 것이다.

손을 마주 잡고 서로 밀고 당기고 하니 묘한 기분이었다. 텐션 연습은 설레고 기분 좋은 감정이었다. 이런 것을 밀당이라고 하는 건가? 아무튼 처음 해보는 것은 모두 묘한 기분이 든다. 그래서 새로운 것을 많이 해봐야 한다. 그러나 술이나 담배는 처음 해본 적이 있지만 그렇게 설레지는 않고 오히려 괴로웠다.

지니와의 첫 만남은 평범했다. 첫인상은 포근했다.

지니 나이는 18살이었다. 나도 이제 17살이 되었으니 1살 차이다. 지니는 누나라고 부르라고 강요하지도 않았고 나도 누나라고 부르지 않았다. 여기에 쓸 때도 '누나', 자를 빼고 쓴다. 고유한 이름에 어떤 수식어도 붙이고 싶지 않다.

첫날은 특별한 일 없이 평범하게 연습이 끝나고 지팡이를 짚고 지하철을 타기 위해 내려가는데 문자가 왔다.

〈오늘 수고했어요. 부족한 파트너지만 잘 부탁드려요. 남은 저녁 시간도 잘 보내세요.〉

끝나고 문자까지 보내주다니 너무 친절한 거 아냐?

지니는 차분한 성격 같았고 루비처럼 드센 느낌은 아니었다. 오히려 너무 친절하고 예의 있게 누구에게나 존댓말을 썼다. 자기보다 나이가 어린 사람에게도 존댓말을 썼다.

그래서 루비에게 한 것처럼 반말이나 너라고 하기가 힘들었다. 아니 저절로 그렇게 되었다.

궁금해서 그 부분을 물어본 적이 있었다.

"지니 님은 왜 나이 어린 사람에게도 존댓말을 써요?"

"어릴 때 아버지한테 맞아서…."

"아, 가정교육이 엄했구나."

"예절은 중요하잖아요."

지니는 부드러웠지만, 은근히 고집이 센 것 같았고 순진한 면도 있었다. 연습 때 나는 지니의 가슴 쪽을 쳐다본 적이 있었다. 이렇게 쓰니까 이상하게 느껴질지 모르겠지만 그것은 어쩔 수 없는 일이었다. 휠체어에 앉아있으면 자연스럽게 눈높이가 가슴 쪽에 맞춰지기 때문이다.

초여름이라 지니는 얇은 옷을 입었고 가슴골이 약간 보이는 옷이었다. 나는 근접된 상황에서 정면으로 가슴에 시선이 고정될 수밖에 없었다. 그렇다고 눈을 감을 수도 없고 고개를 돌리면 더 어색했을 것이다.

보는 시간이 조금 길었나 보다. 지니는 내 시선을 느끼고 자기 가슴을 한 번 쳐다보더니 곧바로 화장실로 달려갔다. 자기

옷이 너무 야하지 않나 점검하러 간 것일까.

다시 돌아온 지니의 옷은 뒤로 약간 올라가고 가슴골이 많이 가려져 있었다.

지니는 다른 스포츠는 많이 했지만 댄스스포츠는 처음이라고 했다. 나는 그런 것보다는 같이 댄스를 한다는 것이 중요했다. 메달에 대해 집착하지 않았기 때문이다.

그러나 몇 번 연습하다 보니 그다지 재미가 없었다. 지니가 경력이 없어 서툴러서 재미없었던 것은 아니다.

루비와는 다툼이 있었지만 춤만 춘 것이 아니라 이런저런 이야기를 하는 것이 재미있었다. 그러나 지니는 학교에서 수업하는 것처럼 격식을 차려 춤을 추고 개인적인 이야기는 거의 하지 않았다. 그리고 그녀는 18살인데 말투는 28살처럼 말했다. 예의를 갖추어 말하려고 하는 것 같았으나 나에게는 어색하게 전달되었다.

그러다 보니 가끔은 가기 싫을 때도 있었다. 어느 날은 전철을 타고 가다가 배가 아프다고 핑계를 대고 다시 돌아온 날도 있었다. 아니 핑계는 아니고 진짜로 배가 살살 아팠던 것이다. 물론 억지로 참고서 하면 할 수 있었겠지만 하기 싫어 돌아온 것이다.

5월 어느 날, 지니는 연습이 끝난 후 나에게 아무 말 없이 작은 쇼핑백을 주었다. 그 안에는 과자가 있었다. 선물을 받을만한 날도 아닌데 아무 설명도 없이 그냥 손에 쥐여주었다.

나를 좋아하는 건가, 이런 생각이 순간적으로 들었으나 곧 아닐 거라고 생각했다. 그래도 나는 왠지 받은 고마움을 표시해야 할 것 같아 과자를 사진 찍어 카톡 프로필 사진에 추가했다. 우리 집 강아지 레이가 과자를 앞에 두고 먹고 싶어 하는 표정을 지을 때 포착하여 찍어 재미있는 사진이 된 것이다.

다음에 만났을 때 지니는 사진에 대한 이야기는 하지 않았다. 사진이 잘 나왔다든지, 강아지가 예쁘다느니 이런 말은 하지 않았다. 나도 과자를 잘 먹었다는 말은 하지 않았다. 사진을 보았다면 마음이 전달되었을 것이기 때문이다. 이렇게 일상적인 대화 없이 우리는 춤만 추고 끝나면 집으로 돌아갔다.

어느 일요일, 대문 계단을 밟다가 헛디뎌 발목이 꺾이면서 넘어졌다. 옆에 위험한 물건이 있었다면 부딪혀 크게 다쳤을 테지만 다행히 아무것도 없어서 발목만 삐었다.

넘어져 다치는 일은 별로 없는데 이번에는 넘어져서 다치다니. 나에게는 새로운 사건이었고 갑자기 겁이 났다.

응급실에 가서 엑스레이를 찍어보니 발목 인대가 늘어났다고 했다.

마침 연습 가기 싫었는데 좋은 핑계가 생겨나 당분간 연습 못한다고 문자를 보냈다. 그렇게 2주를 연속으로 빠지자 지니에게서 문자가 왔다.

〈오늘 날씨 좋네요. 발목은 좀 어떠세요? 너무 무리 마시고 치료 열심 받으세요!!!〉

나는 문자로 충실하게 답장을 보냈다.

〈계속 물리치료 받는 중인데 오래간다고 해요. 댄스 너무 하

고 싶은데 아직은 아파요. 확실하게 나으면 갈게요. 다음 주에는 갈 수 있을 거 같아요.〉

어느 정도 발목이 낫고 여름까지는 그래도 꼬박꼬박 1주일에 한 번씩 나가서 연습했다.

6월에 서울에서 열린 지역 대회에서 프리댄스를 처음 보았다.

모두 네 팀이 나와서 했는데 기억에 남는 것은 〈거미 여인의 키스〉와 〈오페라의 유령〉이다. 나는 두 작품 모두 동영상을 찍었다.

〈거미 여인의 키스〉는 마누엘 푸익이 쓴 소설로 감옥에 있는 발렌틴을 몰리나가 유혹하면서 이야기를 들려주는 내용이다. 특이한 점은 둘 다 남자라는 점이고 둘 다 결국은 죽는다.

댄스 첫 장면은 상하 검은 복장으로 입은 여자가 멀리 떨어진 상태에서 상대 쪽 휠체어 남자 무용수 쪽으로 살금살금 기어간다. 그리고 몸을 굴려 더 가까이 간다. 일어나서 탐색하듯 주변을 돌며 가까이 접근했다가 다시 떨어지더니 혼자 춤을 추다가 다시 살금살금 걸어간다. 휠체어도 서서히 다가간다. 음악이 바뀌더니 거미 여인이 휠체어 뒤로 올라간다. 고개를 좌우로 흔드는 안무를 한 후 거미 여인이 허리를 숙인 남자 휠체어 무용수의 등에 자기의 등을 맞대고 눕는다.

휠체어는 그 상태에서 제자리에서 3바퀴 돌다가 급격한 음악과 함께 떨어져 서로 멀어진다. 각자 춤을 추다가 다시 가까이 가서 둘이 조화롭게 춤을 추고 휠체어 바퀴 한쪽을 드는, 난도가 높은 동작도 보여주고 급격한 움직임이 계속된다. 마지막은

뉴욕 동작으로 끝을 맺는다.

이런 문학 작품을 댄스로 표현할 수 있다니 새로운 세계를 본 것 같았다. 나도 언젠가는 저런 창작 무용을 해보고 싶은 생각이 들었다. 오히려 정규 경기 내용은 동작이 다 똑같아서 기억에 남지 않았다.

어느 날 감독님이 부르더니 왈츠 리듬처럼 조심스럽게 말했다.

"포메이션이라고 하는 단체전이 있는데 몽도도 나가야지."

"저는 바빠서 못할 거 같아요."

시간을 많이 뺏길 것 같아 바쁘다고 핑계를 댔다. 나는 작년에 시각 팀 포메이션을 보았는데 거의 날마다 나와 연습하는 것을 보고 그때부터 포메이션은 안 하겠다고 생각했다.

감독님은 표정이 굳어져 버렸다.

"작년에는 인원이 모자라 팀 구성이 안 되어 참여를 못 한 종목인데 올해는 모두 10명이 되니 포메이션에 참가할 예정이야."

감독님이 나에게 계속해서 하자고 했으나 계속 거절하자 감독님은 기분이 안 좋은 것 같았다. 며칠 후에 다시 지니가 포메이션에 참가하자고 했지만 나는 또 거절했다. 지니는 두 번 물어보지는 않았다. 하지만 얼굴에 우울한 구름이 드리웠다.

그때는 몰랐다. 단체전 인원이 전체 점수에 영향이 있다는 것을. 그리고 그때부터인 것 같았다. 내가 미운털이 박힌 것은.

여름이 지나고 어느새 가을이 되어 또 전국 체전이 다가왔다.

댄스를 하다 보니 시간이 참 빨리 갔다. 댄스의 목적이 전국 체전을 위해 하는 것 같았다. 현실적으로 이것은 맞는 말이었다. 그곳에서 댄스는 전국 체전이 목표이고 전국 체전이 끝나면 1년 댄스는 끝난다. 마치 농사 같다.

이제는 나도 전국 체전 점수에 신경 써야 하는 처지에 놓였다. 점수에 신경 쓰지 않는다면 이 팀에서 빠져야 한다. 나는 춤을 추고 싶었고 춤만 추는 휠체어 댄스팀은 무용단 외에는 국내에 없다. 그렇다면 여기 규칙에 따라야 하는 것이다.

나는 작년에 경험이 있어서 조금 더 느긋하게 할 수 있었다. 지방에서 전국 체전 대회가 열렸는데 전날 밤에 잠이 안 왔지만, 수면제를 먹지 않았다. 작년에는 멋모르고 수면제를 먹고 잤다가 다음 날 아침 7시에 일어났는데 잠이 안 깨고 머리가 아파 꿈속에서 헤매는 것처럼 몽롱한 적이 있어서 이번에는 자연스럽게 잠들려고 노력했다.

그러나 시합 전날에는 거의 잠을 못 잔다. 나만 그러는 줄 알았는데 대부분 그러는 것 같고 정신력으로 버티는 것 같았다.

나는 지니에게 내 고민과 생각을 말했다.

"감독님은 극성이에요. 1시간이라도 더 쉬고 나오라고 하면 컨디션이 좋아 더 잘할 텐데 왜 이렇게 일찍 나오라고 하는 거죠. 다른 팀은 느긋하게 나오는데…"

"미리 나오면 좋잖아요. 일찍 나와서 해요."

지니는 감독님 편이었다. 내 생각에 동조하지 않았다.

시합 날이 되자 지니는 생각보다 더 긴장하는 것 같았다. 그냥 평소처럼 하면 될 텐데 왜 그렇게 긴장하는지 물어보았다.

"실수하면 안 되니까?"

실수해도 괜찮아요. ~해도 괜찮아, 이런 말이 유행이라서 그 말을 하고 싶었으나 말로는 쉽게 할 수 있어도 막상 실수하면 큰일 나는 일이 되는 것이라 말하기 어려웠다.

"지니, 파트너 머리 좀 만져줘."

감독님은 지니에게 내 머리에 젤을 바르고 고정해 주라고 했으나 지니는 쑥스러운지 모른 척하며 자기 머리만 만졌다.

지니 옆에 처음 보는 여학생이 있었는데 지니의 친구 같았다. 이름이 수지라고 했다. 수지가 내 머리를 빗겨주고 젤을 발라 고정해 주었다. 그리고 내가 조끼를 입으려 하자 수지는 단추를 하나씩 채워주는 것이었다. 순간 찡, 하고 가슴 속에서 종소리가 울렸다. 이런 기분은 처음이었다. 그녀는 단추 하나만 채워주었을 뿐인데 마음이 찌르 찌르 울렸다. 단추라는 벨로 내 심장을 눌러대는 것 같았다.

심장이 쿵, 하고 내려앉는다는 심쿵이 바로 이런 순간일까. 다르게 표현하자면 마치 존중받는 기분, 정성스럽게 마음을 어루만져 주는 느낌이었다.

나는 지니가 아닌 수지와 춤을 추고 싶었다. 수지는 예고 무용과에 다니고 있어 오히려 수지가 춤을 추어야 하는 거 아닌가.

시합 날 지니는, 연습은 하지 않고 테이블 옮기는 것만 도와주고 있었다. 나는 기분이 안 좋은 표정으로 빨리 와서 연습하자고 했으나 무시하고 계속 테이블만 옮겼다.

"춤으로 승부해야지. 테이블은 스텝들에게 맡겨요."

"그래도 그거라도 도와야 안 미안하죠."

"춤추는 것도 봉사인데 뭐가 미안하길래?"

그녀가 미안해하는 이유를 알게 된 것은 몇 시간 뒤였다. 큰 실수 없이 연습대로 했기에 예선은 통과하겠지, 라고 생각했다. 그러나 그러나 그러나…. 3번 그러나, 를 말할 정도로 큰 충격이었다. 2종목 다 본선 진출자 명단에 우리 이름은 없었다.

나는 설마, 하는 생각으로 명단이 누락되었다고 생각했다. 실제로 객관적으로 우리보다 더 못한 팀이 있었기 때문이다.

그 해 지니와 파트너가 되어 치른 체전 결과는 충격이었다. 충격은 얼마나 신선한 삶의 활력소냐, 이따위 말로 위로되지 않는다. 그때의 기분은 삶의 활력소가 아니라 활로 맞은 기분이었으니까. 마치 40점은 나올 거로 생각했던 수학 점수가 4점을 받은 기분과 같았다. 우리가 2종목 다 꼴등을 하리라고는 가정법조차 쓰지 않았다.

나는 작년에 금메달을 딴 경력이 있기에 파트너가 바뀌었어도 3등 안에는 들 줄 알았다. 그러나 꼴등을 확인한 순간 나는 아무 말도 하고 싶지 않고 빨리 집에 가고 싶었다.

나는 지니에게 하소연하듯, 투정 부리듯 말했다.

"나는 잘한 것 같은데, 그리고 동영상을 봐도 그다지 나쁘지 않은 것 같은데 꼴등이라니. 이해가 안 가."

나는 우울한 기분이었는데 지니는 기분 나쁜 표정을 짓지 않고 이런 말을 했다.

"메달을 목표로 하지 않는다면서요?"

"그래도 연습한 기간이 얼마인데요."

메달을 목표로 하지 않고 댄스를 했지만, 막상 아무런 수확이 없으니 그 기분은 이상하고 괴상하게 참담했다.

내 말에 모순이 있나? 자기를 분석하는 것은 대머리에 핀 꽂는 것보다 어렵지만 내 생각을 내가 분석하면 이렇다.

메달이 중요하지 않은 상황이고 시상하지 않는 파티라면 즐기는 것으로 끝날 수 있지만 이건 즐긴 것도 아니고 메달도 없으니 너무 허무한 것이다.

우리 둘만 아무 메달을 따지 못하고 다른 단원들은 모두 하나 이상씩 메달을 땄다. 포메이션이라도 참가했다면 메달 하나는 땄을 텐데 그것도 없으니 더욱 처참, 처량, 처연했다. 3처 3종 세트.

그러고 보니 지난 1년간 전국대회 중에 지니와 같이 한 춤은 1등을 한 번도 하지 못했다. 입상에 신경 쓰지 않은 것도 있었고 참여팀이 적어서인지 세 팀이 참여하면 2등이나 3등을 하였다. 보통 큰 대회에서 3등이면 입상권이기에 그 관점에서 적용하여 잠시 착각하여 입상권이라고 생각한 것 같았다.

다른 사람들의 말을 들어보니 어려서부터 댄스를 했던 사람과 초보의 차이는 너무나 큰 것이었다.

지니는 좋은 사람이지만 너무 격식을 차리고 일정한 거리를 두는 것 같아 더 이상 댄스는 하고 싶지 않았다. 물론 음료수도 사주고 과자도 선물하고 나에게 잘해주었다. 지방 대회 때는 휠체어를 옮겨주고 언덕에 오를 때는 루비처럼 팔을 내주어 잡고 가도록 해주었다. 그때는 참 좋았다.

　"꼴찌에게 갈채를"

　엄마는 수고했다면 꽃다발을 선물하며 비엔나왈츠처럼 부드럽게 말했다.

　"1등 했을 때는 안 주었으면서."

　"그때는 이미 메달을 받았으니 그걸로 충분하고, 대회 주최 측에 꼴찌에게도 상을 주라고 건의해 볼 참이야. 희망상."

　엄마의 위로에도 불구하고 나는 다시는 댄스를 하지 않으려고 한 해 마지막 결산 모임인 품평회에도 참석하지 않았다.

　"품평회 참석할 거예요?"

　나는 지니에게 물어보았는데 지니는 이런 대답을 해서 나는 가지 않았다.

　"상황 봐서요. 집에 김장을 도와주면 못 갈 것 같아요."

　그렇게 지니가 품평회에 참석했는지 안 했는지 모른 상태에서 올해 댄스스포츠 공식적인 스케줄은 끝났다.

　지니를 개인적으로 만나고 싶었지만 만나주지 않을 것 같았다. 그러다가 어떤 여자아이가 떠올랐다. 아주 순간이지만 나에게 떨림을 준 아이. 바로 수지였다. 수지에게 뭔가 신호를 보내야 할 것 같았다.

지니와 두 번째 댄스

댄스를 시작하고 두 번째 긴 겨울이 지나고 있었다.

겨울에 수지가 자꾸 생각나 힘들었다. 이상하다. 1년 동안 같이 춤을 췄던 지니보다 아주 잠깐 마주친 수지가 더 생각나다니 이상하다.

수지가 나에게 심장이 쿵, 하고 내려앉는 '심쿵'을 주었으니 나도 '심쿵'을 주고 싶었다. 아니 어쩌면 나는 다시 또 '심쿵'을 받고 싶었는지 모른다. 지니에게 연락처를 물어보면 창피할 거 같아 물어보지도 못하고 혼자 어떻게 연락할까 고민했다. 그러다가 지니와 같은 학교라는 것을 알고 학교에 작은 선물을 보냈다. 간단한 편지와 핸드크림을 넣었다. 그리고 그걸로 스스로 잊어버리자고 생각했다.

아직은 추운 3월에 지니가 잠시 만나자고 했다.

데이트 신청하는 건가?

대학로에서 본 지니는 키가 커서인지 검은 롱코트가 잘 어울렸고 고등학생답지 않고 대학생처럼 차려입고 나왔다.

지난 1년 동안 1주일에 한 번씩 만나서 손잡고 춤을 출 때는 이런 기분은 없었다. 장소가 바뀌고 춤이 목적이 아닌 대화를 하니 들뜨는 기분은 뭘까. 춤을 출 때는 정해진 시간 동안 정해진 동작을 하면 그만이고 끝나면 모르는 사람처럼 각자 집으로 돌아가는 기계 같은 것이었다.

"내가 오늘 점심 사줄게요."

"알바 해요?"

"어떻게 알았어요?"

"나 잘 찍어요."

"혹시 사람도 잘 찍어요?"

이런 농담. 시원하다. 던질 것 같지 않은 사람이 던지니 의외로 신선하다. 히터에서 따뜻한 바람이 나와야 하는데 갑자기 시원한 바람이 나오는 느낌이다.

던지는 사람은 아무 생각 없이 던질지 몰라도 받는 사람은 가벼운 충격과 동요가 일어나 내 고정관념을 망치로 깨는 것 같다. 2년 전보다 겨드랑이털과 사타구니 털이 더 길고 두꺼워져 어른이 된 느낌이라 이런 말에 더 민감하다.

10대의 1년은 성인의 10년과 같다고 누가 말했나? 아무도 말한 사람은 없다. 직접 체험한 내가 지금 말한 것이다.

점심을 먹고 난 후 카페에 가서 지니는 아메리카노를 시켰다. 왜 커피 이름에 미국이라는 나라 이름을 붙였는지 궁금했지만, 검색이 귀찮아 찾아보지 않았다.

"수지가 선물 받았다고 하는데 마음에 든대요."

즐겁게 마시려고 했는데 갑자기 수지 얘기를 꺼내 당황이 되었다. 어떤 의도로 이런 말을 하는지 잠시 생각했다.

교무실로 보냈기에 개인에게 전달할 줄 알았는데 공개적으로 보았나 보다. 수지가 자랑삼아 공개했을까?

아, 시바. 갑자기 욕이 나온다.

이때 내 기분을 표현해 주는 것은 욕 같은 말밖에 없고 정말 딱 맞는 표현이라 어쩔 수 없다.

"아, 그래요?"

나는 아무렇지도 않은 표정으로 말했다.

"그런데 예전에 다른 친구도 문자가 자꾸 와서 힘들다고 하던데…."

"네? 언제요? 내가요?"

"작년에 한 번 다른 친구 데리고 연습실에 갔었잖아요. 그때 몽도님에게 카톡 아이디 알려줬대요."

어렴풋이 기억난다. 서양 인형처럼 예쁜 아이였다. 누가 보더라도 한 번쯤 말을 걸고 싶었을 것이다.

지니는 지금 나를 궁지에 몰아넣으려고 카운터 펀치를 날리고 있다.

"금사빠라 힘들어요. 지니 님도 조심하세요."

"그건 바람둥이 아니에요?"

"바람둥이 아니죠. 감정이 일어나는데 어떻게 해요?"

"절제를 못 하면 바람둥이예요."

"마음이 움직이는데 어떻게 해요. 가짜는 아니잖아요. 그렇다고 간디처럼 삐쩍 바를 때까지 참아요?"

나는 정말 궁금하고 지니의 생각을 알고 싶어 물었다.

"한 사람만 사귀어야지 이 사람 저 사람 사귀면 안 되잖아요."

"그건 누가 정한 법이죠? 그냥 나는 마음이 움직여서 한 건데… 선물 주고 싶고 카톡 보내고 싶은데 어떡해요? 어떻게 참아요?"

"그래도 한 사람만 바라봐요."

"그건 나를 속이는 거잖아요."

"사귀는 건 다르죠."

"내가 장애인이라 그런가요? 재벌도 아니고 공부 잘하지도 못하고…."

나는 조금 흥분하여 목소리가 조금 높아져 나왔다.

"뭐라구요? 그런 말은 하지 마세요."

지니는 격앙되어 말할 때는 다른 사람처럼 보였다.

"괜찮아요. 난 민감한 감성 로맨티스트예요."

분위기가 차가워지는 게 싫어 나는 금방 평정심을 찾고 웃으며 말했다.

"천사빠 되는 것은 어려워요."

나는 다시 순간적으로 떠오른 줄임말을 이용해 말했다.

"천사빠요?"

"천천히 사랑에 빠지는 사람."

그렇게 이야기를 5분 정도 나누다가 지니가 드디어 본론에 들어갔다.

"올해도 다시 한번 해보는 게 어때요?"

"춤이요?"

"네."

"왜 하고 싶어요?"

"꼭 메달만이 춤의 목적은 아니잖아요. 그냥 즐겁게 추어요."

내가 예전에 한 말을 지니가 그대로 똑같이 하고 있었다.

"그건 맞아요."

"올해 한 번 더 해요."

왜 그렇게 더 하자고 하는지 이유를 알 수 없었다. 실력도 없고 또 꼴찌 할 거면서 왜 자꾸 하자고 하는지.

"왜 하자고 하는 거예요?"

내 질문에 지니는 아무 말을 안 했다.

작년에 지니가 무엇을 힘들어하는지 알고 있었다. 공부할 시간을 빼앗기고 시합 전날에는 하룻밤 집을 떠나 자야 하고 여러 가지로 힘든데 왜 다시 하자고 하는지 이해할 수 없었다.

"등수가 다는 아니잖아요. 즐겨요, 우리."

지니의 말은 진심 같아 보이지는 않았다. 다른 목적이 있는 것 같았다. 하지만 나도 등수는 중요하지 않다고 생각하고 올해 또 꼴찌 한다고 해도 받아들일 수 있을 것 같아 그러자고 했다.

지니는 쇼핑백을 나에게 주며 꺼내 보라고 했다.

안에는 액자와 텀블러가 보였다. 꺼내서 풀어보니 액자에는 손을 마주 잡고 댄스 포즈를 취한 우리 둘의 사진이 있었다. 우리 둘의 사진을 액자로 만들 정도면 댄스에 중요한 의미를 부여하고 있는 것 같았다. 그리고 나라는 존재에 대해서도.

나는 텀블러를 사용하지 않기에 텀블러에 그렇게 감명받지 않았지만 사진 액자를 보고 지니와 가까워진 느낌이 들었다. 나는 정말 메달에 대한 미련이 없기에 다시 해도 좋다고 생각했다.

"그럼 올해 한 번 더 해볼까요."

"그럼 다음 주부터 시작할게요."

나는 엄마에게 지니와 해결하지 못한 궁금한 것을 물었다.

"바람둥이는 나쁜 건가?"

"여러 사람을 동시에 사귀는 거니까 나쁜 거지."

"감정적으로 말고 왜 나쁜 건지 논리적으로 듣고 싶어."

"그건 진화심리학 책을 읽어야…. 인간의 짝짓기 역사…. 이런 거 읽어봐…. 질투와도 관련되어 있고…. 결혼제도와도 관련이 있고…."

"이런 거 학교에서 안 배우나? 배웠으면 좋겠는데…."

읽어야 할 책 분야가 하나 늘었다.

"그냥 남자 여자 구분하지 말고 사람으로서 사귀면 안돼나? 왜 남자와 여자는 다른 마음으로 사귀어야 해?"

"감정이 그렇게 되니까. 이성과 동성이 있을 때 행동이 달라지니까? 동성애자가 아닌 이상 남자끼리 키스할 때와 이성이 키스할 때 기분이 같아?"

"아, 그래서 여자랑 있을 때 두근거리는구나. 오묘하네. 흔히 가슴 떨리는 일을 하라고 하는데 여자들과 있으면 가슴이 떨려."

나도 이제 고등학생이 되었다. 교복도 달라지고 키 큰 아이들과 함께 있어서인지 더 어른이 된 기분이었다. 나이를 한 살씩 더 먹을수록 신나고 재미있는 일이 기다리고 있을 것 같다.

그냥 땀을 닦아주고 싶었다

그 일은 몹시 더운 여름에 일어났다.

지니와 탱고 리듬을 타고 한 바퀴 돌고 나니 지니가 땀을 많이 흘렸다. 휠체어에 앉아서 추는 사람과 발로 뛰는 사람의 체력 소모는 차이가 크게 났다. 지니의 팔은 땀으로 끈적했고 상의 티셔츠 윗부분이 젖었고 얼굴에서 땀이 많이 흘러내리고 있었다.

나는 지니의 땀을 닦아주고 싶었다. 왜 그런 생각이 들었는지 설명하기 힘들고 나도 잘 모르는 감정이었다.

그래서 나도 모르게 옆에 있는 티슈를 뽑아 지니의 얼굴로 가까이 대는 순간, 지니는 갑자기 얼굴을 피하며 뒤로 물러났다. 지니도 당황했겠지만 나도 당황하고 민망했다.

순간적으로 나는 행동이 굳었고 지니는 내가 주는 티슈를 받으며 말했다.

"내가 직접 닦을게요."

그리고는 지니는 티슈를 빼앗듯 가져가서 스스로 얼굴을 닦았다. 나는 조금 뻘쭘하여 어색해졌다. 그것뿐이었다. 단순한 일인데 이것이 시작점이 된 것 같았다. 나는 자연스럽게 행동하려 했으나 보는 사람은 그렇게 보이지 않았나.

그날 밤, 잠을 자려고 하는데 갑자기 지니와 같이 춤추던 동

작이 자꾸 생각나 혼자 씩, 웃었다.

길게 느껴지는 한 주가 지나고 일요일에 다시 댄스 연습을 했다. 손을 잡고 춤을 시작하려는데 나도 모르게 지니의 손깍지를 끼려 했다. 정말 나도 모르게 일어난 일이었다. 세상에 자기 생각대로 하는 행동이 얼마나 있을까? 모든 것은 나도 모르게 하는 것이다. 나도 모르게 쳐다보고, 나도 모르게 목이 마르고, 나도 모르게 말을 하는 것이다.

지니는 돌발적인 나의 행동에 놀라며 손을 뺐다.

나는 너무 무안하고 거절당한 것 같아 가슴을 사포로 문질러 대는 것처럼 쓰라렸다. 나는 해서는 안 될 못된 행동을 한 것일까?

나는 화장실에 가서 얼굴을 쳐다보니 얼굴이 발갛게 상기되어 있었고 화가 난 것을 참으려는 나의 모습이 거울로 보였다. 한참을 그렇게 멍하니 있다가 다시 연습실로 돌아갔다.

무안함을 없애려는 듯 지니는 말했다.

"손깍지는 어른들이 사교춤에서 많이 한대요."

"아이 어른 구분하는 것이 왜 그렇게 많아요?"

"그래도 아직은…."

"나도 몸은 어른이에요."

"그래도 아직 청소년이잖아요."

"어른의 몸에 갇힌 아이의 비명이 들리지 않아요? 애 어른 구분하지 말고 그냥 하고 싶은 대로 해요."

"안돼요."

"사교춤은 나쁜 건가요?"

"아뇨. 주로 어른들이 하는 거니까 아직 우리는 하지 않는 게 좋아요."

"왜 어른들만 좋은 거 하고 아이들은 하지 못하게 해요? 불공평해요."

지니는 아무런 대답이 없었고 나도 아무 말도 하지 않고 굳은 표정으로 그날 연습을 마쳤다.

그 일이 있고 나서 갑자기 댄스가 재미 없어졌다. 고정 자세로 팔 벌리고 있는 것이 마치 벌을 서는 것 같은 기분이 들었다.

연습이 끝나고 지하철을 탔는데 핸드폰 문자 오는 소리가 들렸다. 지니는 문자로 그날 배운 것을 친절하게 정리해서 보내주었다.

〈오늘의 연습 포인트〉
〈탱고: 1. 오픈포지션 시 진행 방향으로 상체 전진적으로 자신있게 향하도록 2. 왼팔 팔꿈치 펴지지 않도록 3. 텐션을 줄 수 있도록! 상대방에게 밀리는 것이 아니라 같이 힘을 실어 줄 수 있도록〉

〈비에나 왈츠: 1. 몸통 사용하여 전체 동작이 자연스럽게 음악을 느끼며 즐길 수 있도록 2. 상체 양팔 자세는 고정 필!!! 3. 시선 사이드 위 필!!! 4. 척추를 중심으로 상체가 뒤로나 앞으로 치우침이 없이 곧게 설 수 있도록.
오늘 고생 많았어요. 오늘 레슨 포인트 생각나는 대로 몇 자 적

어 보았습니다. 한 주 잘 시작하시고, 다음 주에 뵙겠습니다^^〉

그날 감독님에게 배운 내용을 하나도 놓치지 않고 메모해서 보내준 것이다. 어떻게 이렇게 다 외웠지.

철학과 교수이자 청소부인 엄마에게 물었다.
"사교춤은 나쁜 건가?"
"서양에서 들어온 문화인데 한국 문화에서는 인식이 그렇게 되어 있는데 예전에 불륜이 많고 제비족 때문에 인식이 안 좋았는데 요즘은 인식이 많이 좋아졌어."
"그런 백과사전 같은 말 말고 엄마 생각을 말해봐."
"좋은 거야."
"그럼 엄마도 사교춤 출 거야?"
"응."
"오다 보니까 역 앞 건물 지하에 사교댄스장 있던데 거기 갈 수 있어?"
"한 번 가지 뭐."
"거기서 다른 남자 손 잡고 뱅뱅 도는데, 갈 거야?"
"그래 나도 춤추고 싶어."
엄마의 목소리가 커졌다.
"그럼 언제 한 번 나랑 가서 휠체어댄스 춰."
"그러지 뭐."

왜 도망쳐

그 다음 주에 연습실에서 지니를 다시 만났다.

내가 먼저 추자고 정한 종목인 탱고는 경쾌한 음악에 맞추어 절도 있는 동작으로 추는 춤이다. 언제가 어떤 영상에서 영화평론가이자 시인이 추는 탱고 춤을 보았는데 그것을 그렇게 추고 싶었다. 그러나 오늘 연습에서 내가 자꾸 틀렸다. 영화 '여인의 향기'에 나오는 음악에 맞춰 익숙한 음악인데도 동작이 틀리는 것이다.

지니는 부드럽게 웃으며 반복해서 친절하게 알려주었다.

그러나 이상하게 집중이 되지 않고 마음이 붕 뜬 기분으로 동작이 내 마음으로 되지 않았다.

"몽도님, 왜 자꾸 틀려요?"

"잠깐 딴생각했어요."

"누구 생각했어요? 집중해 봐요."

앞에 있는 니 생각을 해서 몽롱해서 자꾸 틀려.

이렇게 내면의 소리를 억누르느라 계속해서 몇 번 동작이 틀렸다. 하는 둥 마는 둥 연습이 끝나자 지니는 내 휠체어를 번쩍 들고 보관소에 가져다 두었고 같이 나왔다.

지하철 엘리베이터 타는 곳까지 지니와 같이 걸어갔다. 엘리베이터를 기다리는 짧은 시간에 나는 갑자기 생각나는 게 있어

가방을 뒤적였다. 고무줄 머리띠가 여러 개 들어있는 플라스틱 상자를 지니에게 주었다.

낮에 연습실에 오면서 가게에서 여러 개 들어있는 머리띠를 발견하고 지니가 평소에 검은색 고무줄 머리띠로 뒤로 머리를 묶고 다니는 것이 생각나 하나 샀던 것이다.

지니는 그것을 받아들고 기뻐하고 웃으며 삼바리듬을 타듯 생동감 있게 말했다.

"머리는 평생 자르지 말아야겠네."

지니가 좋아하는 것을 보니 나도 기뻤다.

작은 것을 선물을 받는데도 너무 좋아하니 유치원 아이처럼 순수하다고 생각했다.

〈오늘도 고생 많으셨습니다. 빗길 먼 길 늦은 귀가에 조심히 잘 들어가세요^^ 오늘 연습 내용 정리입니다!!!〉

역시 전철에서 확인해 보니 어느새 문자가 와 있었다.

〈* 탱고
1. 시선.. 사이드로 높이 멀리 바라보기. 절대 시선이 가운데 있지 않습니다. 시작과 오픈포지션에서 특히 시선 주의해 주세요.
2. 고개.. 절도있게! 짧은 7, 8과 긴 7~8 박자 구분하기. 8에서도 힘 빼지 말고 강하게 전진 방향 바라보기
3. 스웨이.. 마지막 스웨이 동작 파트너와 같이 포물선 크게 그려주기

4. 음악.. 8카운트 잘 느끼시길~ㅎㅎ〉

친절한 문자가 고마운 생각이 들었다. 그런데 하나 궁금한 점이 생겼다.

왜 고생했다고 하지? 나는 고생한 거 없이 그냥 즐거운데. 혹시 내가 하기 싫은 거 억지로 한다고 생각하는 건가? 그냥 습관적인 말투겠지. 한국어에서 쓰는 습관적인 말투인데 이해가 잘 안된다. 이런 것을 보면 한국 사람들은 고생했다는 것이 칭찬으로 여기는 것 같았다. 고생을 즐기는 한국인. 변태들인가?

그리고 어느 순간 이런 생각이 들었다.

'초보가 금메달리스트에게 가르치네.'

그런 생각이 들자 고마우면서도 한편으로는 조금 반발심이 생겼다.

작년에는 지니가 나에게 선물을 많이 주었다.

과자, 액자, 텀블러 물병.

나는 누가 나에게 준 것은 다 기억한다.

올해와 작년이 다른 것은 작년에는 지니가 선물을 3개 주었지만, 올해는 내가 지니에게 선물을 2개 주었다는 것이다.

머리띠와 또 하나 내가 준 것은 일본에서 인기 있게 팔리는 다리에 붙이는 시원한 파스였다.

휴족시간 – 이름 참 잘 지었다. 쉴 休, 다리 足. 다리가 쉬는 시간.

"서서 춤추니까 힘들죠? 이거 붙여 보세요."

"아, 이거 유명한 거 그거네."

지니는 반가운 듯 소리 질렀다. 지니가 좋아하니 나도 덩달아 마음이 날아올랐다. 매번 언덕을 오를 때 팔을 잡아주고 전철 엘리베이터까지 바래다주는 지니의 마음이 너무 고마웠고 기분이 너무 좋았다. 나는 더 발전시키고 싶었다. 짜릿한 행복을 더 강하게 만들고 싶었다.

그러다가 어느 날 나는 같이 버스 타고 지니 집까지 바래다주고 싶은 마음이 생겼다. 이것은 나에게는 해보고 싶은 로망이었다.

전철까지 바래다주는 지니에게 나는 평이하게 말했다.

"우리 저기 정류장까지 같이 걸어요."

그러나 지니는 당황하는 듯하더니 거절인지, 나를 생각해서 하는 말인지 모르겠지만 즉각 대답했다.

"정류장이 멀어요. 힘들어요."

그리고는 후다닥 먼저 뛰어가 버렸다. 눈 깜짝할 사이에 사라져 버렸다. 분명 달리는 뒷모습을 본 것 같은데 어느새 아무것도 보이지 않았다.

나는 그때 세상에 혼자 남겨진 것 같았다. 처음으로 많은 사람 앞에서 창피를 당한 기분이었다. 영혼이 너덜너덜해진 느낌이었다.

그녀가 내 존재를 부정하고 내 곁에서 도망가는 듯한 기분이 들었다. 나를 무시하고 나를 조롱하는 기분까지 들었다.

마치 그리스 신화에서 아폴론을 피해 달아나는 다프네 같았다. 저러다가 월계수가 되는 것은 아닐까?

그럴 리는 없겠지. 아폴론은 날개를 달았기에 더 빨랐지만 나는 날개가 없잖아. 날개는커녕 다리로 달릴 수도 없잖아.

그런 생각이 들자 나는 힘이 빠져 그 자리에 주저앉아버리고 싶었다.

그러고 보니 그동안 지니의 행동 하나하나가 퍼즐 맞추듯 맞춰지는 것이었다. 전철 타는 엘리베이터까지 같이 걸어가는 1분 동안 지니는 핸드폰을 보고 있었는데 알고 보니 버스 시간표를 본 것이었다.

지니는 시간 맞춰서 집에 가는 것이 더 중요했던 것이다. 나를 엘리베이터까지 바래다주는 것은 형식적인 행동이었고 진정 나를 배려하기보다는 예의상 한 것이고 버스 시간표에 맞추기 위해 시간표를 보는 것이 더 중요했던 것이다.

그 일이 있고 난 후부터는 지니는 연습을 마친 후 나와 같이 가려고 하지 않았다. 연습이 끝나자마자 먼저 사라지든지, 아니면 이것저것 마무리하면서 지체했다가 나중에 가든지 나를 피해 가는 것 같았다.

나도 굳이 같이 가자고 하는 것이 자존심이 상해 먼저 나와버렸다. 그러다가 서로 다른 문으로 나와 중간에서 마주치는 경우가 있었는데 어색한 미소를 짓고 먼저 휭~ 하고 가는 것이었다.

참 이상했다. 연습할 때는 손 붙잡고 가까이 붙어서 다정하게 연습하다가 끝나자마자 마치 처음 본 사람이나 원수처럼 후다닥 달려 나갔다. 아니면 싫은데 억지로 하는 것처럼 끝나자마자 도망치듯 가니 나는 기분이 이상했다.

그러다가 어느 날 다른 문으로 나오다가 지니와 마주쳐서 나는 말했다.

"집까지 바래다주고 싶어요."

"괜찮아요."

하고 막 뛰어가려고 할 때 나는 그녀를 불러세웠다.

"잠깐! 지니."

그녀는 빨리 말하라는 듯 눈을 깜박였다. 별이 반짝이는 것 같았다. 약간 어지러웠다.

"그럼 지니 님이 우리 집까지 바래다줘요."

여기서 빵 터져야 하는데 불발되었다. 가끔은 예상대로 되지 않아 난처할 때도 있지만 괜찮다. 진지하게 받아들이면 진지하게 가면 되니까.

"나중에요."

이 말을 남기고 그녀는 100미터 시합 달리기하듯 빠르게 달려갔다. 그래도 혼자 가세요, 싫어요, 라는 말을 하지 않고 나중에 바래다준다는 말을 들은 것이 다행이었다. 언젠가는 바래다 줄 날이 오겠지.

다시 댄스 연습한 지 얼마 안 되어 나는 손가락을 다쳤다.

길을 가다가 작은 돌부리에 걸려 넘어졌는데 핸드폰을 놓치지 않으려고 하다가 손가락이 땅에 찧으면서 손가락 인대가 늘어난 것이다.

통증도 통증이지만 가운뎃손가락이 약간 휘어진 게 보였다.

작년에는 발목을 다치더니 이번에는 손가락이네. 시바. 다음엔 또 뭘까?

동네 정형외과에 가니 X-레이를 찍고 손가락에 깁스를 해주었다. 손가락 깁스가 있다는 것을 처음 알았고 신기했다. 의사는 손가락이 다 나을 때까지 깁스를 풀지도 말고 손가락을 쓰지 말라고 했다.

"너무 걱정하지 말아요. 약 먹고 안정 취하면 나아요."

의사 입장에서는 하루에도 수십 번을 보는 부상이니 그렇게 쉽게 말할 수 있지만 막상 당사자는 심각하고 예민한 문제이다. 아주 살짝만 스쳐도 통증이 몰려와 한 손만 썼다.

그러나 나는 너무 춤을 추고 싶었다. 지니의 부드러운 손을 잡고 춤을 추고 싶었다.

손가락이 다 낫기 전에 붕대를 감고 연습에 참여했다.

"아야, 아파요."

아파서 살살 잡으라고 하면 지니는 아차, 하며 모르는 척했다.

그러면 나는 붕대가 감겨 커다란 가운뎃손가락을 치켜올려 보여주었다.

그리움은 신의 명령

어제 본 지니였지만 자꾸 보고 싶은 것은 누가 명령하는 것 같았다. 어느 시인이 말했지. 너의 장례식에 간 것처럼 그립다고. 이런 강한 그리움은 신의 명령인가.

저절로 그렇게 되었다. 이런 감정은 처음이었다.

이 감정은 교통사고를 당한 것과 같은 고통이었다. 정신적 교통사고. 가슴이 답답하고 머리가 멍한 느낌.

이 그리움을 멈추는 것이 좋을까? 계속 그리워하는 것이 좋을까? 아프지 않으려면 그리움을 멈춰야 하는데 아프지 않으면 행복할까? 그런데 그리움을 멈추는 것은 내 마음대로 되지 않았다.

하루종일 같이 있고 싶고, 떨어져 있으면 자꾸 머릿속에 지니 얼굴만 떠올랐다. 지금 지니는 뭘 하고 있을까 궁금했다. 학교에서도 공부에 집중이 안 되고 머리가 멍했고 집에서도 환각제를 먹은 것처럼 멍했다.

그러다가 무엇에 이끌리듯 나도 모르게 손이 핸드폰으로 가게 되고, 지니 사진을 보게 되고 문자를 보내게 되었다. 누가 시켜서 그런 게 아닌데 저절로 그렇게 되었다.

하루 종일 집중이 안 되다가 나는 나도 모르게 낙서했다.

길고 긴 들판 위에 서 있는 나무처럼 나의 손에는 아무것도 없고 머릿속에는 '혼자'가 있습니다. 그대여, 세상을 다 돌고 온 것처럼 피곤에 지친 나머지 불러봅니다. 아무런 대답이 없지만 난 알 수 있어요. 그대가 부르는 소리를. 굴리고 싶은 그대 눈동자 보면 나는 잠에서 깨어 손을 떱니다.

그러다가 내 손은 어느새 움직여 핸드폰을 집어 문자를 보내고 있었다.

〈지니님. 오늘은 어떤 일이 있었나여? 난 소화가 잘 안되어 죽을 먹었어요. 그리고 시 한 편 썼어요. 아니 시가 저절로 나왔어요. 내일은 한의원에 가 봐야지.〉

내가 생각해도 얼굴이 화끈거리는 문장인데 이건 모성애를 자극하려는 전략이 여실히 드러나잖아.

그녀가 문자를 읽은 것 같은데 답장은 없었다.

어떤 때는 한참 동안 문자를 안 읽으면 무슨 일이 있길래 안 읽는지 궁금해졌다.

그날 밤, 잠을 잘 때는 꿈속에서 지니를 만나는 꿈을 꾸었다. 꿈 내용이 참 이상했다.

고급스러운 궁전에서 지니와 나는 2층 식당에서 식사하고 있고 1층에는 평민들로 여겨지는 사람들이 있었다. 이들에게 들키면 안 되는 상황이고 우리는 옆에 꼭 붙어서 같이 식사하는데 지니가 나에게 고기를 썰어서 먹여주었다.

꿈을 깨고 나서 잠시 무슨 꿈을 꾸었는지 바로 기억이 나지 않았지만 뭔가 행복했던 순간이었기에 곰곰이 기억을 떠올려 생각해낸 것이다.

둑은 넘치면 터지고 과일은 익으면 언젠가 떨어진다. 엄마는 나의 행동이나 표정을 보고 바로 알아버렸다.

"드디어 잠을 깨운 공주가 나타났나?"

"몰라."

"누구야? 누구?"

"학교일 리는 없고….."

"댄스파트너."

집요한 추궁에 드디어 말해 버렸다.

"그래서 밥도 잘 안 먹고 그렇게 멍하게 있었구나?"

"도사네. 못 속이겠어."

"이제 죽고 싶은 마음 없어졌지?"

"죽고 싶은 게 아니라 그냥 죽을 거 같아."

"그거 가지고 죽지는 않을 거야."

"엄마는 누구를 그리워해 본 적 있어?"

"많지."

"누구를 그리워했어, 아빠?"

"그랬지."

"다른 사람은?"

"결혼 전에 한 명 있었는데 안 보니까 금방 잊혀지더라. 누구를 그리워한다는 것은 참 아름다우면서 혼자만의 욕망이기에 괴롭기도 하지. 상대방은 그 감정은 전혀 공감을 못 하거든."

"아프지만 아프지 않아. 이상해. 아픈데 짜릿해."

"몽도야, 같이 느껴주지 못해서 미안하다. 앞으로는 더 많은 것들을 혼자 해야 할 거야."

"혼자?"

"그리움이 왜 그리움인지 아니?"

엄마가 물었다.

*

댄스 연습 후에 지니와 잠깐 둘이 있을 기회가 있을 때 지니에게 물었다.

"혹시 누구를 그리워해 본 적 있나요?"

지니는 대답을 바로 하지 못했다. 내가 생각해도 난처한 질문이다. 나는 대답을 듣지 않아도 된다는 듯 룸바 리듬처럼 미끄러지듯 바로 말했다.

"그리움이 왜 그리움인지 아세요?"

"아뇨."

"그리움은 그릴 수 있어 그리움이래요. 그리움을 만질 수 있다면 만지움이고 그리움을 들을 수 있다면 들리움이라고 했겠죠. 그리움은 듣는 것보다 만지는 것보다 그리는 것이 더 그리움답죠. 그림을 못 그려도 그리움은 누구나 그릴 수 있어요. 그리움을 그리다 보면 그리운 사람이 그림이 된대요."

나는 엄마가 전해 준 시를 암송하듯 말했다.

"누가 그래요?"

"어떤 시인이요."

"멋진 말이에요. 그러나 그리움은 야한 욕망이에요."

"왜 그렇죠?"

"그리움이란 같이 있고 싶어 하는 마음인데 그럼 같이 있으면 결국…."

"결국 뭐 한다는 말이죠?"

"그 다음은 상상에 맡길게요. 몽도님은 그리우면 뭐 하세요?"

"나는 밤마다 누가 그리워지면 그림을 그려요. 그럼 조금 나아져요."

"다행이네요. 그리워지면 어떤 사람은 유리창을 깨거나 담을 넘던데."

"나는 그런 짓 안 해요. 그리우면 그냥 혼자 그리워하다가 필사하고, 창작해요."

"대상이 누구인지 궁금해요."

"나중에 보여줄게요. "

지니는 다 아는 것 같았지만 이렇게 서로 모르는 척 말놀이를 하는 것이 즐거운 것 같았다. 나도, 바로 너! 라고 말하면 싱거울 거 같아 다 알면서 모르는 척하는 게임을 하고 있었다.

나는 너를 그리워하는 나 자신을 경멸하고 수치스럽고 자존심 상해, 라고 말하지 않았다.

얼굴은 미남인데 웃으면 더 미남일 것 같아요

휠체어로 제자리에서 도는 것은 기본이면서 화려한 동작이다. 영어로 턴(turn)이라고 하는데 어떤 선수는 10번까지도 돌아 감탄사가 절로 나오는 경우가 많다.

나는 1시간 일찍 와서 턴 동작만 계속 연습했다. 기회가 되면 지니 앞에서 턴 동작을 보여주고 싶었다. 그리고 나는 드디어 지니 앞에 가서 연습했던 동작을 멋지게 보여주었다. 다섯 바퀴 정도 돌았던 것 같다. 나름대로 멋있다고 생각하고 턴 동작을 마치자 지니가 물었다.

"몽도님 저 좋아하세요?"

지니가 너무 갑자기 물어봐서 오랜만에 당황이 되었다. 코치 선생님이 옆에 있는데도 들으라는 듯 이런 질문을 하는 것은 나에 대한 공격인가, 시험인가? 확인인가? 지니는 무슨 대답을 듣고 싶은 것인가?

나는 강하게 나가야 한다고 생각했다. 순간적으로 몇 가지 대사 후보안이 떠올랐다.

1. 안 좋아해요. 지니 님이 좋아하는 거 아니에요?
2. 지금은 안 좋아하지만, 내일부터 좋아할게요.

3. 안 좋아해요, 사랑해요.

이 중에서 하나 결정하고 말했다.

"안 좋아해요…. 사랑해요."

코치는 빵 터지고 지니는 얼굴이 붉어지며 어쩔 줄 몰라 하고 있었다. 함부로 말하지 말라는 의도가 전달되었을까?

연습실을 한 바퀴 돌고 코치는 다른 곳으로 가고 구석에 둘만 있게 되었다. 지니는 결심한 듯 말했다.

"몽도님, 얼굴은 조각 미남인데 조금만 웃으면 더 좋을 거 같아요. 너무 무표정이에요."

나는 그 말을 듣는 순간, 충격을 받아 아무 말도 할 수 없었다. 어떻게 보면 평범한 말로 들릴 수 있으나 당사자인 나를 평하면서 무표정이라 싫다는 의미로 말한 것이다. 무표정이라는 것은 예전에 루비가 말해서 알고는 있었지만, 지니에게 듣게 되어 또 다른 기분이었다.

나는 사실 무표정이 매력적이라 생각하고 있었다. 카프카, 카뮈, 니체, 이상의 사진을 보았을 때 웃지 않는 얼굴로 이쪽을 바라보는 강한 눈빛이 멋있다고 생각했다. 어디에도 흔들리지 않는 내면을 가진 정신적 조폭 두목의 얼굴이었다. 그것에 매료되어 나도 모르게 그런 표정을 따라 하고 있었던 것이다. 그런데 웃는 모습을 좋아한다구? 웃어야 해, 울어야 해?

웃는 얼굴을 좋아한다면 가끔 웃어주지. 심각한 얼굴로 세상의 고뇌를 다 짊어진 표정을 할 필요는 없지. 이미 죽은 외국 남자인 카뮈보다 나는 살아있는 한국 여자인 지니가 더 좋으니 지니를 기쁘게 해 주려고 나는 미소를 장착할 수 있다. 그러나 말은 다르게 말했다.

"나는 웃을 수 없는 병에 걸렸어. 웃으면 입에 경련이 일어."

지니는 잠시 휴식 시간에 나에게 제안했다.

"싱글이나 듀오 해보세요."

싱글은 혼자 추는 춤이고 듀오는 휠체어 2명이 파트너가 되어 추는 춤이다.

"내가 춤추는 거 보고 싶어?"

이 말을 듣고 웃은 사람은 지니가 아니고 지니 옆에 있는 친구였다. 까르르르 웃었다. 누구의 웃음소리든 웃음소리는 가슴을 떨리게 했다. 지니는 웃지 않았다.

나는 계속 말을 이어갔다.

"나는 혼자 추는 거 못하겠어요. 파트너와 같이 추어야 댄스스포츠지 혼자 추는 건 별로예요."

"왜 꼭 같이 추려고 해요? 혼자 춰도 얼마든지 아름다워요."

"혼자 추는 거 봤는데 이상해요. 혼자서 파리 잡는 거 같고 어색해요."

"아, 여기만 오면 머리 아파."

나는 지니의 그 말이 어떤 의미인지 깊이 생각하지 않았다. 두통에는 타이레놀인가, 게보린인가, 아스피린인가 생각하며 약국에 가서 아무거나 달라고 하여 두통약을 사서 지니에게 주었다. 지니는 아스피린을 받고 헛웃음을 지으며 말했다.

"이런 두통 아니에요."

힘들게 약국까지 갔다 온 보람이 없었다. 아, 머리 아파. 내가 사 온 약을 내가 먹었다.

춤은 사랑하는 마음으로?

일주일 후, 감독님은 왈츠를 가르쳐주면서 물었다.

"왈츠는 어떤 춤이지?"

"사랑의 춤이죠."

나는 어디선가 들은 기억이 있어 말했다.

"하하 비슷한데 왈츠는 무도회나 결혼 축하 춤으로 사랑스러운 춤이야. 두 남녀가 만나 교감하면서 춤을 춰야지."

"4분의 3박자로 경쾌하고 파도처럼 우아한 춤이죠?"

나는 미리 찾아 공부한 내용을 자신 있게 퀵스텝 리듬을 타듯 빠르게 말했다.

"하하 잘 아네. 우아한 춤인데 서로 사랑하는 마음으로 해야 아름다운 춤이 나오지."

"진짜 사랑하면 안 되나요?"

나는 정말 정말 정말 궁금해서 물어보았다.

빵빠드르르, 하고 소리가 들렸다. 풍선이 터지듯 사람들의 웃음이 터진 것이다. 풍선이 여러 개 터진 것 같은 소리다.

너무 갑자기 돌발적인 질문이었나?

감독님이 다시 말을 이었다.

"진짜 사랑해도 돼."

"정말요? 진짜로 사랑하는 마음으로 추면 더 좋은 춤이 나올 것 같은데 연기를 하려니 잘 안되는 것 같아요."

"그럼 진짜 사랑하는 마음을 갖고 추도록 합시다."

나는 지니를 지목하며 말했다.

"지니 님도 연기하지 말고 진짜로 해 봐요. 나도 진짜로 사랑해 볼게요."

아, 공개적으로 고백을 한 것인가. 아니면 사랑을 강요한 것인가. 모두 지니를 쳐다보며 우우, 약간의 동요가 있자 지니는 얼굴이 빨개지며 어떤 말을 해야 할지 몰라 그냥 서 있었다. 지니는 고개를 돌리고 나를 쳐다보지 않았다. 그리고 뭐라고 혼자 중얼거리는 것 같아 나는 더 이상 말하지 않고 가만히 있었다.

"그래도 그렇지. 파트너를 다 사랑하면 난잡해서 안 돼. 댄스 스포츠가 뭐 사랑의 작대기야, 뭐야?"

단장님은 반대 의견을 말했으나 나는 잘 이해가 가지 않았다.

단장님은 계속 이어서 말했다.

"그럼 영화배우들은 같이 출연한 배우마다 다 사랑하면 복잡해지잖아. 연기가 필요한 거지."

"연기는 가짜 아닌가요?"

나는 진지하게 물어보았다.

"연기도 실감 나게 하면 되지."

이후부터 지니와 나는 더욱 어색한 사이가 되었고 로봇처럼 기계적인 춤만 출 뿐이었다.

오지 않는 지니

연습 약속 시간이 5시인데 지니는 아직 오지 않았다. 30분을 기다려도 오지 않았고 40분쯤 지났을 때 문자가 왔다.

〈미안해요. 급한 일이 있어 조금 늦어요. 6시에 도착 예정이에요.〉

나는 무슨 문자를 보낼까 잠시 생각했다.

〈괜찮아요. 천천히 오세요.〉

이런 문자가 가장 먼저 떠올랐다. 하지만 지루한 세상에서 너무 평범한 것은 세상을 썩게 만든다.

어린 왕자에 나오는 유명한 말이 생각나 써먹고 싶었다.

〈그대가 3시에 온다면 나는 4시부터 행복해.〉

내가 지어낸 말이 아니고 있는 것을 이용하는 것이기에 만족스럽지는 않지만 급한 대로 이 말을 이용했다. 어떻게 생각하면 느끼하게 들릴 수도 있어 걱정했지만 평범한 것보다는 낫다고 생각했다.

〈감동이에요.〉

예상하지 못한 답변이었다.

감동까지? 그냥 멋진 말이에요, 이 정도로 반응이 있을 줄 알았는데 감동은 무슨 감동.

이 말이 진짜인지 형식적인 말인지 잘 모르겠으나 그 말이 진짜였으면 좋겠다.

막상 도착한 지니는 내가 보낸 어린 왕자의 명언에 대해 한마디도 하지 않았다. 얼굴은 상기되어 있었고 어떤 감정을 감추려고 하는 것이 보였다.

연습이 다 끝날 때까지 별다른 말을 하지 못했다. 한 바퀴 루틴을 돌고 난 후 저쪽 구석으로 달려가 핸드폰만 쳐다보고 있었다. 내가 다가갈 틈을 주지 않겠다는 의도로 보여 나도 다가가지 않았다.

그다음 주에는 약속 시간에 지니가 나오지 않았다. 전화했지만 받지 않았다. 지니는 보통 오는 전화는 잘 받는 스타일인데 받지 않으니 둘 중 하나다. 못 받는 상황이거나 일부러 받지 않는 것이다.

나는 화가 났지만, 누구에게 하소연할 수도 없어 그녀의 친구 예빈에게 물어보았다.

"혹시 지니님 오늘 못 온다고 했나요?"

"아, 친척이 돌아가셔서 지방에 갔다고 하는데…."

"왜 나한테는 연락을 안 해줬지?"

"깜박 잊었나 봐요."

나는 택시 타고, 다시 지하철로 갈아타고 1시간 30분 걸려서 왔는데 파트너가 없으니 연습은 못 하고 헛걸음하고 다시 돌아가야 하는 것이다. 장애인이 한 번 지하철을 타고 오려면 마치 밀림 속을 뚫고 험한 계곡을 지나오는 것과 똑같다.

부글거리는 감정을 참아야 하나, 복수해야 하나?

파트너가 바뀌니 머리 아파

이번 해에는 나도 단체전인 포메이션도 참여하기로 했다.

단체전은 개인이 하는 것보다 더 역동적이고 화려하다. 그리고 같은 동작으로 동시에 움직여야 한다.

그래서 연습을 더 많이 해야 하고 팀워크가 잘 맞아야 한다.

파트너는 개인종목에서 짝을 이룬 같은 파트너와 하기 때문에 지니와 함께 연습하는 시간이 더 많아졌다. 나는 지니와 같이하는 것이 좋아 포메이션 시간이 즐거웠다.

그 감정은 이중적인 감정이다. 싫은데 좋은 감정인 것이다. 평소에는 나를 피하는 느낌이라 싫은데 다시 춤출 때는 즐거운 얼굴로 추니 좋은 감정인 것이다.

"이번에 새로운 버스 노선을 알게 되었어요."

지니는 이 말을 하고 반대 길로 갔다.

더 빨리 가는 새로운 버스 노선을 알게 되었다고 반대 길로 가서 싫었으나 언젠가는 다시 돌아올 수 있다고 생각하니 좋았다. 지니가 무표정일 때는 싫었으나 지니는 돌이 아니고 꽃이니 햇빛을 만나면 다시 환하게 밝아질 거라고 생각하니 좋았다.

포메이션은 스탠다드 5종목 중 일부를 이어 붙여서 전체 4분 정도 시간이 된다.

다시 댄스에 재미를 느끼려고 하는데 어느 날 갑자기 내 파트너가 바뀌어 있었다. 갑자기 파트너를 바꾸니 머리가 아팠다.

"왜 바꾼 거래요?"

나는 지니에게 물어보았다.

"시각 팀에 있던 스탠드 단원이 처음 하는 휠체어댄스에 익숙하지 않아서 내가 대신 그쪽으로 가게 됐어요."

새로 바뀐 파트너와 하기 싫은 연습을 끝내고 집에 가서 잠을 자려니 잠이 오지 않고 답답하고 머리가 지끈거렸다.

그다음 날도 계속 머리가 아파 지니에게 문자를 보냈다.

〈파트너 바뀌니까 포매이션 하기 싫어요 ㅜㅜ 다른 파트너와 바꾸면 안 되냐고 감독님께 얘기해 주세요. ㅜㅜ 더 잘하는 사람들이 못하는 사람과 하는 게 낫지 않냐고…〉

바로 답장 문자가 왔다.

〈잘 맞춰 화이팅이 중요해요. 리더 조 파트너 체인지는 어려울 듯하고요 감독님도 많은 고민 끝에 생각하신 듯하니 일단은 최선을 다해 맞춰 나가는 것이 구성원이 해야하는 것 아닌가 싶습니다. 몽도님이 잘하시고 리더를 할 수 있기에 부득이 초보분을 부탁하신 듯하니 조금 힘드시더라도 수고 좀 부탁드립니다^^ 파이팅요!!!〉

긴 문장으로 설명했지만, 공감도 가지 않았고 마음이 움직여지지 않았다.

〈그래도 머리가 아프고 하기 싫어요.〉

〈안 벌어졌음 좋겠지만 이왕 벌어진 일이고.. 좀 더 여유 있게 상황을 보면 좋을 듯해요. 마음먹기 나름이니.. 이왕 하는 거 즐거이 했으면 해요~ 모두가요~ 얼마 남지 않았으니.. 모두 파

이팅!!!〉

〈그런데 두통이 오고 목도 아프고 배도 아프고 온몸으로 거부하니 어떻게 해요?〉

그러자 파이팅 넘치는 이모티콘을 보내왔다.

〈^^이모티콘 때문에 조금 나아진 거 같은데.. 잘 모르겠어요.〉

그리고 나는 그다음 연습에 나가지 않았다. 문자로만 내 감정을 보냈다.

〈진짜 못하겠어요. 지니님이 감독님께 말해줘요. 못하겠다고.〉

그러자 이후로 답장이 없었다. 하루를 기다려도 답장이 없었다. 그래서 나는 감독님에게 파트너 바꾸니 힘들다고 직접 만나서 말했다. 감독님은 지니가 문자에서 말한 것과 같은 이야기를 반복했다. 미리 지니에게 이런 이야기를 한 거였구나. 덧붙인 것은 미리 의사도 물어보지 않고 바꾼 것은 미안하다고 했다.

이 이야기가 단장님에게까지 전달되었는지 단장님이 나를 불렀다. 단장님까지 나서니 중요하긴 중요한 것인가 보구나.

"몽도, 우리 시가 1등 해야지. 조금만 참고 해줘."

'팀보다 제가 더 중요해요.'

차마 이 말은 하지 못했다. 조금 듣다가 알았다고 하고 나와버렸다. 하지만 연습은 정말 하기 싫었다. 그래서 다음 연습 때 가지 않았다.

지니에게 문자만 보냈다.

〈진짜 못하겠어요. 난 빠질게요.〉

그리고 문자가 오기를 기다렸다. 하루가 1년처럼 길게 느껴졌다. 나는 참지 못하고 먼저 문자를 했다.

〈감독님이 뭐라고 하세요?〉

〈그럼 다시 원래대로 하래요.〉

왠지 문자에서 차가운 기운이 느껴졌다.

해결되었으면 빨리 문자를 줄 것이지. 왜 아무 말 없다가 물어보니까 대답하는 거야?

그다음 주에 연습에 나갔더니 분위기가 좋지 않았다.

"몽도, 다른 지역으로 가."

연습하다가 잠깐 쉬고 있는데 갑자기 감독님이 나타나서 공격했다. 감독님에 대한 다른 단원들은 대부분 순종적이고 어떤 면에서는 무서워하는 분위기였다. 감독님이 연습의 주도권과 파트너 결정의 주도권을 쥐고 있기에 감독님의 말에 거역하는 일은 거의 없다.

나는 다른 팀으로 가라는 말이 진지한 것인지, 그냥 한 번 해보는 말인지 순간적으로 판단했다. 이런 중요한 말을 모든 사람이 다 있는데 아무렇지도 않게 할 리는 없었다.

갑자기 공격당하여 본능적인 방어를 취했다.

"싫어요. 여기서 뼈를 묻을 거예요."

나는 상대방이 공격할 때는 가장 좋은 방법은 유머로 넘어가는 것이라 생각한다.

웃음 포인트. 과장법을 써라. 이런 원리로 말하자 주위 사람들이 빵, 빵, 빵 터졌다.

"다른 지역에 휠체어 필요한 데 많아."

어, 농담이 아니네. 다시 재공격에 이번에는 피하지 않고 정공법으로 대답했다.

"갈려면 지니와 같이 갈게요."

감독님은 아무 말도 하지 않았고 지니는 얼굴만 또 빨개졌다. 옆에 있는 사람들은 와, 하며 감탄사를 내뱉었다.

그날, 지니는 화난 사람처럼 아무 표정 없이 춤을 추는 둥 마는 둥 했다.

"아니 왜 내 파트너를 바꾸고 다른 사람도 있는데 왜 나만 희생당해야 하냐고?"

"팀이 우승해야죠."

나는 억울하다는 듯 호소를 해봤지만 지니는 팀이 우선이라는 말 외에는 하지 않았다. 감독님과 단장님은 나와 지니 사이의 기류를 눈치챘다. 그 일 이후부터 단장님은 뭐라고 말하지는 않았지만 나만 쳐다보는 느낌이 들었다.

나는 지니와 한적한 공원 벤치에서 나란히 앉아 재미있는 이야기를 하고 싶었다. 그러나 그런 일은 일어나지 않았다.

지니는 내 동작에 대해서 지적만 하는 것이었다

나는 앉아있고 지니는 서서 말하고 있어 교사가 학생을 야단치는 것 같았고 나는 지니를 우러러보는 것 같았다.

뭐라고 뭐라고 말하는 지니의 침이 아래에 있는 내 얼굴에 튀었다. 나는 아무 말 없이 얼굴에 묻은 침을 닦아내었고 지니는 그런 내 동작을 보고도 계속 말하는 것이었다.

계속 침이 튀자 나는 얼굴을 닦으며 지니가 민망할까 봐 농담으로 웃으며 말했다.

"비 오나?"

그때서야 지니는 말했다.

"어머, 미안해요."

그러고 나서 지니는 마주 보고 말하면 침이 튈까 봐 나를 보지 않고 옆을 보며 말했다. 나는 그런 모습이 싫어 직접 내 생각을 말했다.

"괜찮아요. 침 튀어도 되니까 나를 보고 얘기해요."

"아니에요."

지니는 계속 옆을 보고 이야기했다. 나는 지니의 지나친 배려가 오히려 불편하고 어색했다. 마주 보고 이야기하지 않으니 나는 우울한 기분이 들어 주먹으로 벽을 치고 싶었다.

"나를 보고 얘기해요."

나의 말에 호응은 안 하고 지니는 자기가 원하는 말만 했다.

"지난주에 안 나와서 포메이션 루틴 바뀐 부분 알려줄게요."

"탱고 바뀌었나요?"

"당연하죠?"

지니가 갑자기 빽- 하고 소리 질렀다. 이런 모습은 처음이었다.

나는 깜짝 놀랐지만, 너무 갑자기 일어난 일이라 아무 말도 안 나왔다. 얼마나 큰 소리로 소리 질렀으면 저쪽 끝에 있던 감독님도 들었는지 말씀하셨다.

"지니, 무슨 일 있니? 너 혹시 몽도 좋아하니?"

지니는 아무 말 하지 않고 그냥 무표정으로 내 손을 잡았다.

파트너 바꾼 것에 대해 감독님이나 단장님은 다시 평정을 찾았는데 지니가 아직까지 화내는 이유를 나는 알 수 없었다.

지니는 동작 바뀐 부분을 다시 한번 체크하고 연습에 들어갔다. 손을 잡고 크게 도는 부분에서 하마터면 휠체어가 뒤로 넘어갈 뻔했다. 조심해, 하며 가까스로 몸을 바로 잡고 다시 동작을 이어 나갔지만, 위험한 상황이었다는 것을 나만 안 것일까?

지니는 무표정으로 아무 말로 없이 계속 같은 동작을 이어갔다. 그러다가 다시 도는 동작에서 너무 크게 힘을 주며 돌려서인지 나는 그대로 휠체어와 함께 바닥으로 고꾸라졌다.

쿵, 하고 큰 소리가 들리자 다른 팀원들이 깜짝 놀라 돌아보았다. 감독님도 놀라서 쳐다보며 달려오셨다.

"다친 데 없니?"

나는 금방 일어나지 못하고 쓰러진 상태에서 몸을 움직이지 못했다. 넘어지면서 저번에 다친 손가락을 세게 짚었는지 손가락이 아팠다. 손가락을 보니 가운뎃손가락 중간 마디가 하늘 위로 솟구쳐 뼈마디가 어긋나 튀어나왔고 피부가 찢어서 피가 보였다.

"어머, 어떡해, 큰일 났다."

이런 소리가 들리며 누군가 급하게 119를 불렀다.

나는 일어나지 못하고 부러진 손가락만 쳐다보고 있었다.

5분 후에 구급대원이 와서 들것에 싣고 나를 차에 실었다. 어쩔 줄 몰라 하며 지니도 같이 차에 올랐다.

구급차 안에서 삐요 삐요~ 하는 요란한 소리를 들으며 누워 있자니 오만 가지 생각이 다 들었다.

모든 차들이 나에게 길을 열어준다고 생각하니 신이 났지만, 손가락이 완전히 부러졌을 것 같아 걱정이 큰 돌처럼 짓눌렀다.

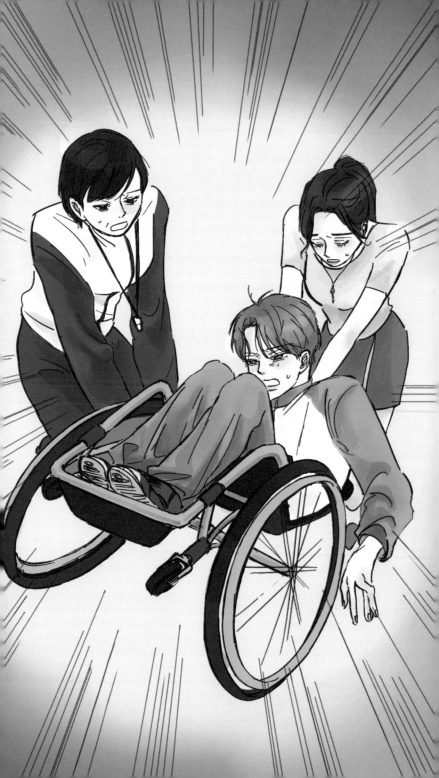

응급실에 도착하자 의사는 먼저 X-레이를 찍어보자고 했다. 급한 상황인데, 지체하다가 손가락이 완전히 장애를 입으면 어떡하나 나는 걱정을 했다.

의사가 X-레이를 확인한 후 골절이라면서 손가락을 잡아당겨 제자리로 맞춘다고 했다.

"조금 아파도 참아요. 하나 둘 셋."

의사가 나의 가운뎃손가락을 순간적으로 세게 잡아당기자 신기하게도 손가락이 제자리에 돌아가 똑바로 맞춰졌다. 통증도 조금 사라진 것 같았다. 부러지지 않은 것만으로 다행이었다.

가운뎃손가락에 깁스하고 나자 모양이 이상해졌다. 붕대를 칭칭 감은 가운뎃손가락이 두 배로 커진 상태로 저절로 세워져 있어 서양식 욕처럼 '퍽큐'를 날리는 것처럼 보였다.

내 마음을 표현하는 것 같아 후련했지만 다른 손가락을 적당히 펴줘야지 너무 꺾으면 진짜 욕처럼 보여 오해할 것 같았다.

나는 지니 앞에서 가운뎃손가락을 세우려 하지 않았지만, 저절로 그렇게 되었다. 그러자 지니는 가운데 붕대 감은 손가락을 세게 꽉 쥐었다. 아야 ~ 내가 비명을 지르자 나머지 손가락을 펴며 욕처럼 보이지 않도록 해주었다.

구름 타고 가는 기분

그다음 주는 손가락이 아파 연습을 빠져야 했다.

손가락을 제대로 쓰려면 한 달은 있어야 한다고 의사가 말했지만, 시합이 얼마 남지 않아 치료 2주째 되는 날 연습에 참여해야 했다.

손가락을 다친 이후로 지니는 태도가 달라졌다. 내 무릎에 앉는 동작을 할 때 내 품에 안기듯이 깊이 앉아 내 뒷목을 꽉 잡았다. 그럴 때는 짜릿, 정전기가 지나간 것 같다.

지니의 이런 행동은 어떤 의미일까? 죄책감일까, 친근감의 표현일까?

무리하면 정작 체전 때 참가할 수 없게 되므로 지니는 손이 아닌 내 손목을 잡았다.

연습하고 온 날이면 손가락이 탱고 리듬처럼 8분의 4박자로 욱신욱신 쑤시듯 아팠다. 아무래도 포메이션 할 때 휠체어를 잡고 돌리다 보니 힘이 들어가서 그런 것 같았다.

다음날 병원에 가서 물리치료 받으면 조금 나아졌기에 다시 연습에 참여했다. 몸은 아팠지만, 정신은 쾌감의 극치였다.

나는 내 기분을, 마주 본 지니에게 이렇게 표현했다.

"구름 타고 가는 것 같아."

깔깔깔깔 좋아서 웃는 소리는 이 지상에서 들을 수 없는 소리다. 인간의 웃음소리가 이렇게 아름다워도 되는 것일까.

"저 달까지 날아가는 것 같아."

정말 그랬다. 공중을 나는 듯이 몽롱하고 마스터베이션할 때처럼 아주 짜릿한 쾌감이 들었다. 지니를 기분 좋게 만드는 방법은 내 기분이 좋아지는 것이고 그것을 지니에게 적절하게 표현하는 것이다.

어느 날 지니가 분홍색 티셔츠를 입고 왔길래 내가 말했다.

"진달래가 활짝 피었네."

그 말을 듣고 빵 터지면서 너무 좋아했다.

웃음 포인트. 재미있게 비유하라.

또 어느 날은 빨간색 티셔츠를 입고 왔길래 나는 말했다.

"오늘은 화산이 폭발했네."

역시 빵 터졌으나 바로 지니 얼굴은 화산재처럼 변했다.

아, 이런 비유는 기분이 안 좋을 수가 있구나, 나는 체험을 통해 학습했다. 이런 것이 진정한 체험학습이다.

나는 잠시 쉴 때 궁금했던 것을 넌지시 물어보았다.

"왜 그렇게 나에게 화내는 거야"

"포메이션은 팀을 위한 건데 팀을 위해서 힘들어도 참아야죠."

"난 개인이 더 중요하다고 생각해. 팀을 위해 개인이 희생해야 하는 것은 불합리해."

"그래도 팀이 우승해야 개인이 있는 거죠."

결론이 나지 않을 것 같아 나는 더 이상 말을 하지 않았다. 언젠가 서로 이해할 날이 오겠지.

포메이션은 4분 동안 하는데 4분이 그렇게 긴 시간이라는 것을 처음 느꼈다. 4분 동안 포메이션이 끝나면 땀이 줄줄 흐르고 힘이 빠지고 숨을 헐떡거리게 된다. 그런데도 계속하는 이유는 음악에 맞추어 할 때는 힘든 줄도 모르고 짜릿하기 때문이었다.

4분 후에 또 지쳐 숨을 몰아쉬지만 땀 흘리고 나서의 상쾌함은 무엇과도 바꿀 수 없는 것이었다. 그렇게 2~3시간을 연습하면 온몸이 뻣뻣해지고 엉덩이가 너무 아파 감각이 없어질 정도가 되기도 했다. 하지만 집으로 돌아가는 길은 가볍고 집에 와서 몸이 피곤하니 그대로 쓰러져 자면 깊이 잘 수 있었다.

추석이 되자 그날은 연습을 쉬고 집에서 명절을 보냈다.

단체 대화방에 추석 잘 보내라고 축하 문자와 그림들이 올라오기 시작했다. 올라오는 그림들은 어디서 많이 본 듯한 그림과 글귀였다.

'해피 추석! 명절 잘 보내세요!'

'더도 덜도 말고 한가위만 같아라.'

나는 이런 뻔한 것들이 싫었다. 뻔한 것들이 많아지면 뻔뻔해진다. 우리가 댄스를 하는 사람이니 직접 우리의 모습을 올리는 게 좋다고 생각했다.

나는 컴퓨터를 켜고 포토샵 프로그램을 열었다. 커다란 보름달을 배경으로 하고 지니와 휠체어댄스를 추는 사진을 올가미 도구로 오려내어 합성했다. 그러자 노랗고 밝은 달 속으로 휠체어 선수와 스탠딩 선수가 손을 잡고 춤을 추며 들어가는 듯한 그림이 되었다. 나는 정말 지니와 춤을 추며 달 속으로 들어가는 기분이 들었다.

대화방에 사진을 올리자 반응이 바로 올라왔다.

'와우, 멋져요'

'환상적이네요'

'빵, 터졌습니다'

맨 마지막 반응이 지니의 반응이었다. 나는 진지하게 올렸는데 빵 터지다니. 다른 사람들은 멋있다고 하는데 왜 터지는 거야? 쑥스러워서 그런가?

그리고 '바퀴춤'이라는 단어로 3행시를 지어보았다.

바 : 바람을 가르고 바라보면 바라볼수록

퀴 : 퀴즈처럼 풀면 풀수록 신비로운

춤 : 춤, 휠체어댄스 그대

추석이 지나고 나는 개인전은 거의 포기하고 단체전에 모든 것을 쏟아부었다.

같은 동작을 하루에 30번을 했다. 수십 번 제자리에서 돌 때는 어지러워 토할 것 같았다. 단체전이라 혼자 쉴 수도 없고 연습은 계속해야 했기에 화장실에 가서 헛구역질하며 잠시 시간을 벌었다.

지니가 내 무릎에 앉는 동작은 너무 세게 밀착시켜 나는 방광이 눌려 오줌이 마려운 적이 한두 번이 아니었다.

포메이션의 피날레를 장식하는 마지막 포즈는 스탠딩 선수가 휠체어 뒤에 올라가 만세를 부르는 장면이었다. 그런데 잘못해서 키 큰 지니가 천정을 건드려 석고보드 판지가 떨어져 먼지를 뒤집어쓰기도 했다. 감기 걸린 한 팀원은 다른 사람에게 옮길까 봐 마스크를 쓰고 하기도 했다.

그렇게 즐겁고도 힘든 연습의 마지막 날은 결전의 날을 위해 간단하게 마무리했다. 내일 지방으로 가야 하니 무리하지 않고 일찍 정리했다.

다음 날 오후, 개별적으로 정해진 차에 타고 체전이 열리는 지방으로 가서 하룻밤 자고 그다음 날 시합을 준비했다.

오전 10시부터 대회 시작인데 아침 8시까지 시합장에 나왔다. 8시까지 나오려면 새벽 6시에 일어나야 했다. 간단하게 아침밥 먹고 머리 단장하고 복장을 갖추고 동작 맞추려면 시간이 모자랐다.

어젯밤은 집이 아닌 곳에서 자려니 잠도 안 오고 새벽에 잠깐 잠들었다가 6시에 일어났다. 떠지지 않는 눈을 비비니 눈이 따갑고, 충혈되어 있었다.

시합 날은 항상 몸은 내 몸이 아닌 것처럼 너무 힘들었다.

대회 날 시합장에 일찍 도착했다.

"멋있어요."

이 말은 지니가 나에게 한 말이 아니고 나랑 손잡고 연습하러 지나가면서 앉아있는 같은 소속의 장애인에게 한 말이다.

지니는 아무에게나 멋있다고 했다. 예의상 하는 말이지만 내가 보기에는 진심이 없으니 가벼워 보였다. 그 장애인은 진짜로 자기가 멋있는 줄 알고 얼마나 마음 설레할까? 그래서 그 장애인이 좋다고 지니를 쫓아다니면 어떻게 하려고 그러는지 모르겠다.

"그런 말 하지 마세요. 내가 옆에 있는데….”

"지금 질투하는 거예요? 몽도님. 깔깔깔"

춤을 즐겨야지 지니는 이런 걸 즐기는 것 같았다.

개인전은 역시 실력파 선수들 사이에서 예선도 통과하지 못했다. 이미 예상했던 것이었기에 작년처럼 충격은 받지 않았다.

점심을 먹고 단체전을 준비했다. 로비에서 마지막 동선을 맞춰보고 우리 단체팀이 입장하는 순간, 일부러 긴장하지 않으려고 지니의 치마에 붙어있는 동그란 반짝이를 만지며 웃음을 보여주었다.

드디어 우리 팀의 포메이션 차례가 왔다.

영화 터미네이터의 OST에 맞추어 웅장하게 시작된 포메이션은 4분 동안 틀린 것 없이 거의 완벽하게 해냈다. 스탠다스 5종목의 일부를 이어 붙인 포메이션 경기가 끝나고 퇴장하는데 갑자기 이상하게 감정이 복받쳐 울컥하려는 것을 겨우 참으며 나왔다.

왜 그러지?

그동안 고생했던 것이 머리를 스치고 지나가며 스스로 감격에 겨워 그럴까? 고작 4분을 위해 하루 4시간씩 총 48시간을 쏟아부어서 그럴까? 그러고 보면 거의 모든 것이 그러지 않나? 어느 한순간을 위해 많은 시간을 쏟아붓는다. 시험도 그렇고, 열매 맺는 것도 그렇고, 사랑도 그렇고.

철학자인 엄마 가라사대 "하이라이트는 짧은 법이다. 하이라이트가 길면 하이라이트가 아니다. 하이라이트가 길면 영영 숨쉬기 힘들다. 마치 등산과 같이."

가장 마지막에 포메이션 결과 발표만 남았을 때는 가슴이 두근거렸다. 평소에 없던 일이었다.

금메달!

기다리던 소리에 우리 단원들은 모두 환호성을 지르며 좋아했다. 나는 당연한 결과인 것 같아 크게 소리 지르지는 않았다.

시상대에는 포메이션팀 모든 선수가 같이 섰다. 금메달을 목에 걸 때는 감격보다는 담담한 느낌이었다. 이미 감격스러운 감정은 금메달이라고 부를 때 다 발산했던 것이다.

개인전은 작년에 이어 두 번째 하는 꼴찌였지만 이미 예상했던 것이라 작년처럼 실망하지는 않았다.

"꼴찌가 있으니 1등이 있죠."

"최선을 다했으면 그걸로 됐죠."

진부한 말이지만 이런 말로 스스로 위로하며 마음을 달랬으나 솔직히 조금은 아쉬운 마음은 있었다.

너무 피곤해서 빨리 집에 가서 잠을 자고 싶을 뿐이었다.

시합이 끝난 후 뒤풀이 한 번 하고 그 이후로는 한 번도 연습장에 가지 않고 길고 긴 겨울잠에 빠졌다.

맹장수술 하니 지니가 생각나

겨울 내내 지니에게서 연락이 한 번도 없었다. 올해 댄스는 끝났지만, 지니를 만나고 싶었다.

나는 어디로 가면 만날 수 있는지 알고 있었다. 일요일에 지니가 다니는 교회에 가면 만날 수 있다. 하지만 나는 가지 않았다. 안부 문자만 보냈다. 답장은 오지 않았다.

어느 저녁때 복통이 갑자기 찾아왔다. 가만히 생각해 보면 예고가 있었나? 아, 1주일 전에도 배가 아팠는데 그때는 잠깐 아팠다 지나갔다.

저녁에 입맛이 없어서 수프를 간단하게 먹었는데 토할 것 같은 느낌이 들었다. 배 위쪽이 조금 아팠지만, 그런대로 참을 만했다.

밤 12시가 되자 낮지는 않고 더 통증이 오더니 아랫배가 찌르듯이 아팠다. 너무 아파서 온몸이 쥐어짜는 듯했고 춥고 열이 나서 구급차를 부르고 응급실로 실려 갔다.

당직 의사는 검사해야 알 수 있다고 했다. 병원은 항상 기계에 의존한다. CT를 찍은 화면을 보고 나서 오른쪽 배를 누르고 아프냐고 물어보길래 아프다고 했더니 급성 맹장염 같다고 했다. 그 이름도 어려운 '충수돌기'를 수술로 떼어내야 한다는 것이다.

우리 몸은 필요 없는 장기는 하나도 없다고 하는데 충수돌기가 없으면 어떻게 되지? 나는 떼어낼지 말지 고민이 되었지만 달리 다른 방법이 없었다.

엄마와 상의해 수술에 동의했다. 급하게 수술 준비에 들어갔고 배에 구멍 3개를 뚫는 복강경으로 수술은 1시간 만에 끝났다. 수술이 끝나니 배가 조금 불러온 느낌이었다. 수술 전에 가스를 주입했기에 그런 것이다.

무통 주사 때문에 아프지는 않았지만 약간 욱신거렸다. 무통 주사 효과가 끝나자 그때부터 통증이 몰려오기 시작했다. 마치 통증이라는 놈이 잠복하고 있다가 시간이 되자 공격하는 것처럼 한꺼번에 몰려들었다.

3일 후, 어느 정도 통증도 가라앉자 이번에 간호사가 공격하기 시작했다.

"복도에 걸어 다니고 운동 좀 하세요."

아마 내가 걷기 불편한 장애인이라는 것을 몰라서 하는 말이라 생각하고 나는 이해하려고 했다. 그러나 다리 아파서 힘들다고 해도 그래도 자꾸 운동하라고 하길래 나는 화를 내며 파소도블레처럼 강하게 말했다.

"배 아파서 일어나기도 힘들고 다리도 아픈데 어떻게 운동해요?"

"그래도 운동하세요."

아무리 자기 직업에 충실한 말이라고 해도 남의 아픔을 모르고 하는 말 같아 더욱 화가 났다.

그날 밤은 엄마가 집으로 돌아가고 배는 아프고 옆에는 아픈 사람들만 누워있으니 이상하게 외로웠다. 병원이라는 곳은 세상에 혼자라는 것을 간절히 느끼게 해주는 곳이다. 할 수 있는 것은 없어 핸드폰으로 가십거리만 보다가 지니 생각이 났다.

나도 모르게 문자를 썼다.

〈나는 지금 이상한 곳에 와 있어요. ㅎㅎ 사실 이곳은 놀러 온 건 아니고 더 나은 미래를 위해 잠시 아픔을 참는 곳. 어딘지 맞혀봐요. 한적하고 평화로워.〉

그날 밤 답장을 기다리지도 않았다. 오지 않을 거라는 것을 알고 있었기 때문이었다. 그다음 날은 문자를 보내지 않으려고 했지만 내 뜻대로 되지 않았다.

〈지니 님. 오늘도 바쁘게 지냈지? 난 오늘 맹장 수술했어요. 터지고 곪은 것을 제거했으니 이제 배 아파질 걱정은 없어졌고 자신 있게 거침없이 지낼 수 있게 되었어요. 운동도 더 잘할 것 같고 지니도 건강 유의하고 다시 밝은 모습으로 만나요.〉

이 문자를 보내자 바로 전화가 왔다.

"병원에 입원한 줄 몰랐어요. 어제 문자 보고 어디 놀러 간 줄 알았어요."

"너무 아파요."

엄마한테도 하지 않은 말을 왜 지니에게 했는지 나도 잘 모르겠다.

"언제 퇴원해요? 교회 끝나고 잠깐 병원에 문병 갈게요."

"3일 후에 해요. 오기 전에 미리 연락해요. 꽃단장하고 있을게요."

그러나 퇴원할 때까지 지니는 오지 않았다. 차라리 온다고 말하지나 말지. 나는 다음날 오지 않는 지니에게 문자를 보냈다.

〈오늘 병원 로비 카페에서 서양 쓴 물^^ ㅎㅎ 한 잔 사줄 수 있는데…. 베이글도…. 나는 달콤한 거 마시면서 가벼운 토킹어바웃^^ 하고 싶은데…. 이선균 성대모사로 재미있게 해 줄 수 있는데 ㅠㅠ〉

이런 아저씨 같은 문자를 보내다니. 아, 내 손가락이여. 아니 내 머리야. 왜 그랬어?

그러면서 또 문자를 보냈다.

〈색다른 곳에서 이런저런 얘기 나누는 것도 좋을 텐데…. 교회 끝나고 놀러 온다면서... ㅠㅠ 예배 때 들은 설교 내용 듣고도 싶고...〉

그러나 퇴원할 때까지 지니는 오지 않자 나는 문자 보낸 것을 후회했다. 다시 문자를 읽어보니 왜 이렇게 썼나 정말 창피해서 읽을 수가 없었다. 설교 내용을 듣고 싶다고? 나 자신의 가식 때문에 몸을 어딘가로 마구 굴리고 싶었다.

그리고 다시 메모했다.

〈너를 침략할까. 칼을 잡은 투우사처럼. 엷은 미소만을 장착하고 오로지 한 가지에 집중하며 너를 부드럽게 휘감아볼까? 무덤에서 나온 마왕처럼 아이스크림처럼 강하게 맛 좀 보여줄까? 힘줄이 불거진 굵은 팔뚝으로 너를 휘감아줄게.〉

루비가 병문안 왔다

병원에 나를 찾아온 것은 지니가 아니라 루비였다. 핸드폰 벨소리가 울려 발신자를 보니 루비였다. 오랜만에 보는 이름이라 반가움에 얼른 전화를 받았다. 병원에 있다고 하니까 오겠다고 했을 때, 외로울 때 찾아오니 신의 축복을 받은 기분이었다.

병실 문을 열고 저쪽에서 성숙한 여자가 들어왔다. 2년 만에 본 루비는 눈이 더 커진 것 같았고 더 화려해 보였다. 처음엔 루비 같지 않아 다른 환자 방문객인 줄 알았다.

루비가 다가와 먼저 말을 했다.

"안녕, 천재."

"그런데 어떻게 이렇게 타이밍을 맞추었어?"

"몰라. 전생에 지구를 구했나? 어쩌다가 장기 적출을 당했어? 깔깔깔깔"

특유의 경쾌한 목소리를 들으니 가라앉은 기분이 조금 좋아지는 것 같았다.

"돈 내고 적출당하니까, 너무 배 아파."

나는 루비의 농담을 받아주며 분위기를 살렸다.

"그럼 다음에는 돈 받고 해."

이런 농담이 루비하고는 자연스럽게 나오는 것이 마치 대본이라도 있는 것처럼 척척 잘도 맞았다. 농담이 끝나고 루비는 찾아온 용건을 차차차 리듬을 타듯 발랄하게 말했다.

"공연 의뢰가 들어왔는데 너 할 수 있어?"

"언젠데?"

"2주 후니까 그때는 다 낫겠지?"

"응 좋아."

공연은 처음이지만 한번 해보면 재미있을 것 같고 출연료도 준다고 했다. 나는 루비에게 병원에 누워있으면서 하고 싶은 것을 말했다.

"돈 모으면 사고 싶은 것이 있어."

"뭔데?"

"4륜 오토바이."

"와, 나도 타고 싶다."

"그래 태워줄게."

"정말?"

"빨리 사야겠다."

"근데 선착순이야. 오토바이 태워준다는 애들이 지금 줄 서 있거든. 깔깔."

루비는 5세 아이처럼 좋아했다. 허풍이든 아니든 이런 점이 나는 좋다. 싫든 좋든 자기의 감정을 숨김없이 표현하면 투명한 어항을 보는 것 같아 좋다.

"올해는 체전 안 나가? 같이 했으면 좋겠는데…."

나는 정말로 그녀와 같이 체전에 나가서 금메달을 따고 싶어 물었다.

"응 나는 안 해. 공연만 할 거야."

퇴원 후 루비는 공연을 자주 잡아 나랑 자주 만났다. 연습을 하던 중 루비는 내 등을 탁 때리면서 정신을 번쩍 들게 했다.

"너 요즘 고민 있냐? 왜 이렇게 멍때려."

"춤출 때는 재미있지만 집에 가면 또 죽고 싶어."

"그럼 죽어."

"같이 죽을래?"

"뭐래? 네가 먼저 죽는 거 보고 죽을게."

"세상이 왜 이래. 아! 엿 같아. 왜 세상이 이렇게 돌아가는 거야? 오늘도 게걸스럽게 왜 먹는 거에만 관심이 있고, 수많은 사람은 왜 치고받고 싸우며 지하철에 몰려와 어디론가 가는 거야?"

"그게 아니지? 다른 고민 있지? 내 촉은 못 속여."

"넘겨짚지 마."

"뭔 줄 알고 그래?"

"그만 하라니까."

나는 필요 이상으로 길게 늘어지는 것이 싫어 소리 질렀다.

"너 혹시….."

"고문하지 마, 제발."

"고민될 만하지."

"넌 고민이 뭔데?"

화제를 돌려 반문해서 나에 관한 질문을 피했다.

"난 어떻게 돈을 벌어 내가 하고 싶은 일을 할까. 너도 그냥 직진해 버려."

스키장에서 지니와

지니에게서도 전화가 온 것은 퇴원 후 1주일 만이었다. 병문안 못 가서 미안하다고 했다. 예의상 하는 이야기지만 나는 이해한다고 했다. 가끔은 하나 마나 한 이야기들이 분위기를 부드럽게 만들어주고 편하게 해준다.

"스키 타러 대관령으로 올래요? 내가 스키 가르쳐 줄게요"

병문안 못 온 대신 선물인가?

그러나 나는 갈 수 없다고 했다.

"장애인은 좌식 스키 타야 하는데 못 가요. 좌식 스키 장비가 없어서."

"아!"

지니는 당황한 듯했다. 미처 거기까지는 생각하지 못한 것 같았다. 아주 잠깐 내가 장애인이라는 것을 잊은 것 같았다. 이것을 기뻐해야 할까, 슬퍼해야 할까?

"그럼 썰매 타면 되잖아요."

"아, 그러면 되겠네."

지니는 의외로 상황 판단이 빠르고 대처도 빠르다.

다음날 눈썰매를 몇 번 타다 보니 싱거웠다. 다섯 번 정도 타고 카페에 가서 커피를 마시자고 했다. 이것은 데이트인가?

커피숍에서는 지니가 설원을 보는 것이 좋다는 말만 여러 번했다. 마음이 차분히 가라앉는다고도 했다. 그리고 담담한 목소리로 물었다.

"몽도님, 혹시 술 마셔봤어요?"

"술이요?"

"네, 술."

"안 마셔요."

"난 술 좋아해요."

"아, 정말요? 어떤 술을 좋아해요?"

고등학생이 술을 좋아한다고 놀란 것은 아니었다. 전혀 예상밖의 인물이 좋아한다고 하니 놀라웠다. 사람은 한 가지만 보고 판단하면 안 된다. 그렇다면 사람은 코끼리다. 코끼리 다리만 만져보고 판단하면 안 되듯이 사람도 마찬가지다.

"소주하고 막걸리가 맛있어요."

"아 그래요?"

"소주는 목을 톡 쏘는 게 짜릿해서 좋고 막걸리는 달콤해요."

"아, 쏘맥은요?"

"쏘맥은 음식이죠."

술맛을 이렇게 평가하는 것을 보니 정말 많이 마셔본 것 같았다. 어디서 마시고 어떻게 술을 사는지는 물어보지 않았다. 그런 것이 뭐 그리 중요한가?

"우리 언제 같이 술 마셔요."

지니가 마치 어린 왕자에 나오는 술꾼처럼 말했다.

나는 술에 대한 호기심은 없다. 청소년이든 성인이든 술 취해서 안 좋은 사고에 대한 뉴스를 많이 보아서인지 술을 작정하고 먹고 싶지는 않았다. 하지만 나는 예의상 대답했다.

"그래요,"

나는 지니가 뭔가 슬픔이 있는 여자로 느껴졌다. 평소에는 밝게 웃고 있지만 누구에게 쉽게 털어놓지 못하는 아픔이 있는 것 같았다. 나는 지니와 술보다는 다른 것을 하고 싶었다.

"프리댄스 하고 싶은데... 할 수 있어요?"

"프리댄스…. 멋있긴 한데….

지니가 흔쾌히 대답하지 않는 것은 부정적인 표시다.

"타이타닉 봤어요? 영화"

"네."

단답형이다. 이것에 대해 더 이야기하고 싶지 않다는 뜻이다. 그렇다고 나는 대화를 끝낼 수 없었다.

"타이타닉 프리댄스로 하면 멋있을 것 같은데….

"감독님에게 물어볼게요"

"감독님과 무슨 상관이에요? 우리가 하고 싶으면 하는 거지. 마지막 장면이 하이라이트인데 멋있을 거 같아요. 서로 두 팔 벌려 잡고 휠체어가 빙빙 돌거나 나는 전진하면서 뒤에서 두 팔 벌려 가면….

"기본도 메달 못 따는데 나는 힘들어요. 다른 사람 한 번 알아보세요."

"영화 보면서 안무 다 짜 놨어요."

나의 이 말에 지니는 한동안 아무 말도 하지 않았다.

루비와 타이타닉을

루비와 함께 공연은 자주 했다. 1주에 한 번 이상은 했고 어떤 주는 2번도 할 때도 있었다. 경력이 짧은데도 자주 한 셈이다.

"타이타닉으로 안무하면 어때?"

지니와 하려던 타이타닉이었는데 루비에게 물어보았다.

말을 꺼내니 루비가 적극적으로 나왔다.

"와 그거 멋있겠다. 나도 영화 재미있게 봤어."

"그럼 타이타닉 해볼까?"

안무를 만들기 위해 영화 '타이타닉'을 다시 3번을 보았다. 타이타닉의 명장면은 배 위에서 두 팔을 벌린 장면만 있는 것은 아니다. 우리는 의견을 나누며 안무를 결정했다.

"첫 등장은 잭 도슨이 급하게 배에 오르는 장면이니 휠체어를 타고 내가 빠르게 나오고 루비는 우아하게 등장해. 그러다가 서로 멀리서 처음으로 바라보는 거야."

나머지 결정된 안무를 설명하면 이렇다.

잭 도슨이 벤치에 누워 밤하늘을 보고 있는 장면은 내가 뒤로 몸을 젖히고 이때 표정 연기가 중요하다. 꿈꾸는듯한 얼굴로 하늘을 쳐다본다. 루비는 괴로워하며 그 옆을 급히 지나간다.

로즈가 배에서 뛰어내리려는 장면은 표정 연기와 상황 전달이 중요하니 내가 뒤에서 천천히 손을 내민다. 처음에는 루비는 고개를 저으며 거부하다가 눈물 흘리며 천천히 손을 잡는 순간 루비가 넘어져 땅에 주저앉는 것으로 표현하는데 루비는 너무 실감 나게 했다. 루비도 로즈와 같은 마음일 거라는 생각이 든다.

식사에 초대되어 턱시도를 입은 잭 도슨은 계단 밑에서 기다리고 천천히 내려오는 로즈의 장면은, 실제로는 계단이 없으니 그냥 서서히 다가가 루비의 손에 키스하는 것으로 한다.

'우리는 좀 더 가까워져야 해요. 어떻게 추는지 몰라요. 그냥 춰요'. 하는 대사와 함께 3등 칸에서 춤추는 장면은 경쾌하게 전환한다. 팔짱을 끼고 빙글빙글 돌기도 하고 두 손을 잡고 돈다.

"창고에서 사랑을 나누는 장면은? 생략할까?"

나의 질문에 루비는 빠르게 받아 대답했다.

"생략을 왜 해. 중요한 대목인데... 똑같이 해. 나는 마주 보고 휠체어에 올라가 껴안을 테니 너는 휠체어를 빙글빙글 돌려."

마지막 장면은 잭 도슨이 물속으로 빠져들어 가는 장면인데... 가장 여운이 많이 남는 장면으로 만들어야 한다. 내가 휠체어에서 바닥으로 떨어져 손을 내밀고 루비가 휠체어에 앉아 손을 잡으려고 하는 장면에서 길게 여운을 주며 끝난다.

프리댄스는 정해진 규정 동작도 없고 순위도 없기에 스트레스를 받지는 않았다. 루비와 타이타닉의 장면을 여러 차례 하다 보니 마치 내가 타이타닉의 주인공이 된 듯한 기분이 들었다.

공연이 끝나고 루비가 말했다.

"로즈 연기를 하다 보니까 진짜 로즈가 된 거 같아."

"그래. 너 진짜 로즈같아. 정말 아름다워."

수행 평가는 하기 싫어

루비와 공연을 하면서 매우 친해졌고 다른 것으로 이어졌다. 공연을 끝내고 집으로 갈 때 루비가 나에게 물었다.

"잭 도슨, 수행 평가 좀 해줄래?"

"내가 잘하는지 못하는지 어떻게 알고?"

"잘하는 게 중요한 게 아니고 그냥 난 하기 싫어서…."

"주제가 뭔데?"

"학교와 일탈."

"그거 네가 잘하는 거 아냐?"

"뭐! 야! 너! 씨!"

농담에 대해 이 네 마디가 그녀의 마음을 잘 표현해 주는 한국말이다. 한국말은 훌륭하다. 이 네 마디로 감정 표현이 정확하게 전달된다. 영어로 직역하면 what! hey! you! fuck! 인데 뭔가 감정이 단편적이다. 깊은 한국의 여러 감정을 전달하지 못한다.

그녀는 나를 노려보았지만, 곧바로 웃으며 넘어갔다.

"그렇다고 나 담배 피는 거 쓸 수는 없잖아. 뭔가 어려운 말로 멋있게 써야 하잖아."

자기의 비밀을 고백하니 더 친해진 것 같고 사랑스러웠다.

"너 담배 피워? 냄새가 안 나서 몰랐어."

"얼마나 열심히 양치질하는데…. 빨리 말해! 해줄 거야, 안 해줄 거야?"

"수행 평가해 주면 나 뭐 해줄 거야?"

"뭘 바래? 그냥 휠체어 들어주고 업어주면 되지."

저번에 계단에서 한 번 업어준 걸 가지고 루비는 말하는 것이었다.

"원래는 수행 평가는 자기가 직접 해야 하는데…. 내가 처음부터 대신해주면 반칙이니까 처음에는 네가 써. 그럼 내가 조금 고쳐줄게."

"해주려면 처음부터 다 해주지, 왜 복잡하게 해."

"그래도 양심은 있어야지."

"그래. 나도 공부를 잘했으면 좋겠어. 어차피 공부 쪽으로 가지 않지만 그래도 공부도 잘하고 춤도 잘 추면 좋겠어."

"다 잘하면 불공평하잖아. 하나만 잘해도 돼."

"어쭈, 선생 같은 말 하네."

나는 하기 싫었지만, 루비가 쓴, 분량이 얼마 안 되는 초고에 더 추가하여 1장으로 늘려 글을 써주었다.

몇 주 후 루비는 처음으로 나에게 칭찬했다.

"야 너 진짜 글 잘 쓴다. 수행 평가 만점 나왔어."

"네 초고도 좋았어. 난 그저 차려진 밥상에 숟가락만 얹었어."

그 말은 사실이었다. 루비는 생각보다 글을 잘 썼다.

"내용도 읽어보니 좋더라. 담배 피우는 것은 일탈인가, 아닌가. 담배는 누가 왜 만들었을까? 담배를 만들어 돈을 버는 기관, 팔아서 세금을 많이 걷는 국가, 중독되어 돈을 쓰는 사람, 담배는 나쁜 거라며 공익광고를 만드는 사람, 담배는 나쁜 거라며 피우지 말라고 하면서 자기는 피우는 어른. 담배 하나에 이렇게 많은 사람이 연관된 모순. 끊는 것이 이들로부터 해방되는 방법이다. 멋져."

그렇게 몇 번 수행 평가를 해주자 루비는 나에게 더 친절하게 대했고 남자 친구처럼 대했다. 여자들이 남자 친구에게 어떻게 하는지 잘 모르겠지만 애교처럼 느껴지는 말투로 안부를 자세히 묻고 배고픈지 물어보고 하루에 여러 번 문자를 보냈다.

그렇게 수행 평가를 몇 번 봐주다가 양심에 찔려 더 이상 못 하겠다고 하자 실망하는 눈빛이었다. 처음에 대신해 준 것부터 잘못 길을 들어선 것이다.

"여기서 그만해야겠다."

그러자 루비는 갑자기 나에게 뽀뽀하더니 팔짱을 끼었다. 그리고 나의 어깨에 철봉 매달리듯 매달려 나의 가운데 있는 '존슨'을 슬쩍 만지는 것이었다.

갑자기 들어온 동작이라 나는 얼떨결에 뒤로 물러났다. 누구나 예고 없이 들어오면 당황이 되는 법이다. 루비의 손을 내 몸에서 떼어냈다. 루비가 일그러진 얼굴로 나를 바라보았다. 그 얼굴은 피카소의 '우는 여인'의 제목의 그림과 같은 얼굴이었다. 나는 미안한 생각이 들어 루비의 팔을 잡으려 하자 루비는 팔을 빼며 말했다.

"병신 새끼."

그 말을 하고 루비는 휙 돌아서 뛰어갔다.

남고 2학년과 여대 1학년

다시 해가 바뀌고 나는 고등학교 2학년이 되었고 지니는 대학교 사회복지학과에 입학했다. 고등학교 2학년과 대학교 1학년. 이런 문장만 보면 큰 차이가 나는 것 같다. 그러나 실상은 나이는 한 살 차이일 뿐이다. 실체와 표현으로 느끼는 것은 다른 것이다.

물론 학교생활은 다른 세계이다. 학교에서는 벌써 선생님들이 겁을 주었다. 작년 대학 입시 결과에 대해 말하기도 하고 얼마 안 남았다고 하며 모든 시간이 대학 입시를 준비하는 시간으로 채워져 있었다.

1년을 어떻게 보내느냐에 따라 인생이 달라진다고 하는데 나는 그 말을 믿을 수 없다. 지금이 중요한 시기라고 하는 데 사실 중요한 시기는 매년 매 순간이지 입시 기간만 중요한 시기는 아닌데 말이다.

"그러니까 스물 이후의 삶이 엉망이 되는 거야."

철학자인 엄마의 말이다.

나도 대학은 가야 하는데 무용학과에서 장애인을 받을까? 안 받을 것 같다. 그래도 길은 많다고 생각했다. 그래서 수업 끝나고 자율학습을 하지 않고 댄스 연습과 공연을 자주 했다. 한국에서 살기 힘들면 외국에 갈 생각도 했다.

엄마에게 외국에 가겠다고 말하니 그렇게 하라고 했다.

대학생이 된 지니와 세 번째 파트너가 되어 체전연습을 하게 되었다. 이렇게 3년이나 같은 파트너가 되는 경우는 드물다.

지니와 다시 또 파트너가 되다니. 이젠 메달은 아예 자포자기 인가, 다른 여자 파트너가 없어서 어쩔 수 없이 다시 파트너를 지니와 해야 했다. 나는 이번에는 지니와 댄스파트너 하기 싫었다. 2년 동안 가깝지도 멀지도 않은 애매한 사이로 불편한 느낌이 있었다. 이번에는 지니와 다시 또 하는 것을 피하려고 내가 스스로 파트너를 찾아보았다.

우연히 영어를 배우는 모임에서 나는 고2 여자아이를 만날 수 있었다. 자기 소개할 때 나는 취미가 댄스스포츠라고 말했다. 그 랬더니 그 여자아이가 어떤 거냐고 자세히 물어보길래 찍어놓은 영상을 보여주었다. 영상을 본 윤지는 감탄을 연발하며 환호를 질렀다.

"해보고 싶어?"

나는 윤지가 트레이닝복을 입고 있어서 운동하는 아이라고 생 각하며 물었다.

"응, 하고 싶어."

윤지는 스쿼트를 하루 2~3시간씩 한다고 했다. 춤은 처음이 지만 초등학교 때 동네 학원에서 발레를 배웠다고 했다.

그렇게 해서 감독님을 한 번 만나보고 상담을 해보기로 했다. 감독님을 만나는 날, 윤지는 짧은 치마를 입고 아주 큰 배낭을 메고 나왔다. 배낭에는 무슨 짐이 가득 담겨 있는지 무거워 보였다. 무릎에는 보호대를 차고 있었다.

감독님에게 소개했다.

"휠체어 댄스스포츠를 하고 싶어 해서 데리고 왔어요."

감독님은 시큰둥한 표정으로 윤지의 무릎의 보호대를 보고 한마디 툭 던졌다.

"장애인이네?"

농담이지만 기분이 좋지 않았다. 윤지가 마음에 들지 않는 것 같았다. 왜 그럴까? 내가 건방지게 마음대로 파트너를 데리고 와서 그럴까? 윤지가 댄스 경력이 없어서 그럴까? 지니하고 계속하기를 바라는 마음일까?

푸대접받은 윤지는 물을 떠다 주며 아부했지만, 감독님의 반응은 차가웠다. 나는 기왕 왔으니 연습 조금만 하고 가면 안 되겠냐고 밀어붙였다. 감독님은 마지못해 선수 한 명을 부르더니 기초를 가르쳐 주라고 지시했다.

10분 정도 하다가 우리 둘은 나오고 그로부터 윤지는 다시는 거기에 가지 않겠다고 했다.

둥글게 모두 모인 전체 회의 시간에 의견을 말해보라고 해서 나는 솔직하게, 하지만 유머를 활용해 말했다.

"감독님, 저는 금메달리스트입니다."

이 말을 하면 빵 터질 거라는 예상했는데 예상이 적중했다. 심각한 이야기는 일단 시작을 부드럽게 해야 한다는 것이 나의 생각이다.

"1년 동안 진짜 힘들었어요. 몸도 힘들었지만, 마음도 힘들었어요. 나도 또 금메달 따게 해주세요."

　이야기하다 보니 힘들고 고생했던 것이 떠올라 갑자기 목소리가 떨렸다. 억지로 참고 겨우 말의 끝을 맺었다.

　아마 지니는 속으로 기분이 나빴을 것이다. 자기 때문에 메달을 따지 못했다고 직접적으로 말하지 않았지만 '돌려 까기'를 한 것이다. 그리고 파트너 바꿔 달라는 뉘앙스도 들어있다. 하지만 지니도 자기가 못하는 것을 인정하기 때문에 그것 가지고 나중에 뭐라고 하지는 않았다.

　가끔 나는 내 속마음이 튀어나와 지니를 곤란하게 만든 경우가 종종 있었다.

　"라틴 종목, 하고 싶어요."

　전체가 모여 회의할 때 나는 나의 욕망을 말했다.

　"지니, 몽도가 라틴 하고 싶대?"

　단장님은 지니에게 바로 물었다.

　지니는 얼굴이 빨개지면서 아무 말도 하지 못했다. 스탠다드도 소화하기 어려운데 동작이 더 빠르고 격렬한 라틴 이야기를 했으니 지니는 큰 수치심을 느꼈을 것이다. 나도 모르게 나온 말이지만 지니를 공격한 것 같아 미안했다.

　지니는 회의가 끝나자 찬바람을 휙휙 날리더니 바람보다 빨리 사라졌다. 지니가 없는 빈 공간이 뻥 뚫린 것 같았다.

　루비는 속된 말로 욕하고 지니는 아무 말 없이 욕했다.

이제부터 반말할 거야

"내가 좋아하는 사람이 나를 좋아해 주는 건 기적이다."

이건 무슨 뜻일까? 지니가 자기 채팅앱 프로필에 이렇게 써놓은 것을 한참이나 생각했다.

자기는 나를 좋아할 일 없으니 꿈을 깨라는 말인가? 아니면 서로 좋아지는 기적을 바란다는 말인가?

나는 지니와 이야기를 해봐야겠다고 생각했다. 정식으로 할 얘기가 있으니 만나자고 하는 것은 너무 어색하고 부담이 될 것 같았다. 어느 날 연습이 끝나는 시간에 맞춰 나는 말했다.

"오늘 일찍 끝났으니 같이 갈까요? 끝나면 따로 다른 방향으로 가니까 싸운 사람 같아요."

"그래요, 그럼."

지니는 순순히 응답했고 버스를 타기로 했다. 버스정류장으로 가는 동안 넘어지지 않으려고 조심스럽게 걸으며 자연스럽게 지니의 팔을 잡았다. 지니는 아무 말도 하지 않았다. 나는 그 침묵이 싫어 아무 말이나 지껄였다.

"여름엔 믿을 수 없을 정도로 아직 해가 환하고 해 지는 시각이 8시예요. 겨울에는 5시면 캄캄한데…"

다 아는 객관적인 사실들인데 말로 하니 새삼스러워진다.

"교통사고가 가장 많이 일어나는 시간은 저녁노을이 질 때인데 눈부신 석양에 눈을 뜰 수 없기 때문이래요."

말하는 순간 버스가 와서 버스에 오르자 나란히 빈 두 자리가 보였다. 나는 재빨리 가서 앉아 지니에게 옆에 앉으라고 자리를 손으로 탁탁, 쳤다. 우리는 나란히 앉아서 창밖을 보며 한동안 말이 없었다. 내가 먼저 침묵을 깼다.

"존댓말 쓰니까 거리감 느껴져요, 우리 반말해요."

"왜요? 난 존댓말 쓰는 게 좋아요."

"이제부터 나는 존댓말 안 쓰고 반말할 거야."

나는 정말 꼬박꼬박 존댓말 쓰는 것이 어색해서 파소도블레처럼 강하게 말했다.

내가 갑자기 반말하자 지니는 조금 당황했는지 눈을 깜박였다. 그러나 지니는 고집이 센 것인지, 신념이 강한 것인지, 트라우마가 심한 것인지, 외유내강을 실천하듯 이렇게 말했다.

"네 그렇게 하세요. 나는 존댓말 쓸게요."

나는 물러서지 않고 한 번 더 앞으로 나아갔다.

"그리고.... 너라고 부를게."

유행가 가사가 갑자기 생각나 속으로 웃었지만 지니는 웃지 않았다.

"네. 그, 그래요."

지니는 분명 약간 당황했는데 일부러 당황하지 않은 척 차분하게 말했다. 루비와는 다른 반응이다. 적어도 겉으로는 놀라지도 않고 흥분하지도 않고 차분하다. 어떤 기분인지 알고 싶었다.

"카톡 프로필에 올린 문장 봤는데 '내가 좋아하는 사람이 나를 좋아해 주는 건 기적이다.' 이건 무슨 뜻이야?"

"무슨 뜻 없어요. 말 그대로 세상에서 가장 어려운 일은 사람이 사람의 마음을 얻는 일이라는 뜻이에요."

그녀는 경험이 많고 나이가 많은 어른처럼 말했다.

"그 말이 맞아. 너무 어려워. 그럼 나는 이렇게 말할게. 우리 서로 소중한 존재가 되기로 하는 거야. 그럼 우리는 서로 세상에 오직 하나밖에 없는 존재가 될 거야."

어딘가에서 읽은 말을 주워 넘겼다.

"지금 고백하는 거예요?"

"아냐. 말 그대로 서로 소중하게 생각하자는 거야. 그게 어떻게 고백이야?"

"그래."

지니가 이번에는 반말을 했다. 지니는 멋진 말을 들으니 기분이 좋아진 것 같았다.

그 후 '어린 왕자'에서 외운 구절을 몇 개 더 말하자 버스는 지니 집 근처에서 정차하고 우리는 내렸다.

가까운 공원이 있다며 지니가 먼저 제안하여 우리는 공원을 향해 걸었다. 길을 잘못 들었는지 갑자기 '모텔'이라는 글자가 많이 보이는 모텔촌이 나타나자 지니는 깜짝 놀랐다.

"그냥 모텔이라는 글자인데 왜 놀라?"

나는 돌아 나오면서 물었다.

"갑자기 나타나서…."

모텔, 이라는 글자 보고 놀라는 여자, 지니는 어떤 여자이길래, 그리고 어떤 일이 있었길래 그럴까? 그것이 몹시 알고 싶었다.

가는 길에 어린이 놀이터가 하나 있었고 시소가 보였다.

"저 시소 타고 싶다."

나는 내면에서 나오는 말을 혼잣말처럼 했다.

"나중에 같이 타요."

나는 나중에 하자는 말은 형식적인 말이 많은 것을 알기에 다시 한번 말했다.

"꼭 한 번 타는 거야."

"네."

지나가던 사람들이 우리가 연인처럼 나란히 걷자 힐끔힐끔 쳐다보았다. 남자는 절뚝이며 지팡이를 짚고 있고 늘씬하고 키 큰 여자는 남자를 부축하며 걷는 장면이 내가 생각해도 특별한 사연이 있는 것으로 보일 것 같다.

어떤 대학생 같은 녀석이 우리를 앞질러 가며 지니의 얼굴을 확인하고 저 앞으로 사라졌다.

뭘 봐?

왜 그런 행동을 했는지 이유는 충분히 안다. 도대체 다리 저는 남자를 부축하듯 가는 여자의 얼굴이 어떻게 생겼는지 확인하기 위해서이다. 그 남자는 질투심을 느꼈을까?

"저 사람 왜 쳐다봐?"

"그니까. 기분 나빠."

지니는 진심으로 기분이 상한 것 같았다.

"내 꿈이 뭔지 알아?"

"몰라요."

"나보다 허벅지 두꺼운 여자와 사귀는 것."

까르르르르르. 웃음소리가 아주 크고 길었다. 르,에 해당하는 웃음소리가 5번 울렸고 마치 맑은 물에 물방울이 떨어지는 소리 같았다. 나는 웃음소리에 전율을 느끼는 것을 자주 경험하는데 바로 그 순간도 짜릿한 전율을 느꼈다.

나는 농담으로만 여길 것 같아 진지하게 부연 설명을 했다.

"사고 나고 내 허벅지가 점점 얇아지는 것 같아. 그래서 솔직히 여자 꿀벅지가 아름다워 보여. 이해 가?"

"조금."

그날 여기까지는 아주 좋았다. 지니와 공원 벤치에 앉아 1시간을 이야기했다. 지니도 웃으며 이런저런 이야기를 했다.

"몽도님, 자원봉사 하세요?"

"지금은 잘 못 해. 다치고 나서부터는. 학교에서 수행 평가로 하라고 하는데…."

"수행 평가 말고 진짜로 봉사하면 행복해요. 고아원이나 양로원에 가서 봉사해 주면 정말 기뻐하는 모습이 너무 좋아요."

"그럼 나랑 댄스파트너 된 것도 봉사하는 건가?"

"그건 내가 좋아서 하는 거예요."

지니는 조금 생각하더니 자이브 리듬을 타듯 빠르게 말했다

"감독님이 그러는데 스탠딩 댄스는 대부분 봉사 차원이라고 하던데…."

"몽도님도 봉사해 봐요."

"내가 할 수 있는 일이 뭘까?"

"많아요. 다리 아파도 아이들과 놀아줄 수 있어요."

"알았어. 한번 해볼게."

봉사 이야기를 거기에서 끝나고 지니는 자기 이야기를 하기 시작했다.

"초등학교 때 아버지는 엄해서 조금만 잘못하면 때렸어요. 아버지가 너무 무서워…."

"지금도 때려?"

"네."

자신의 아픔을 나에게 말한다는 것은 나와 더 가까워졌다는 뜻이다. 나는 너무 기뻤다. 어떤 이야기를 해도 지니가 받아줄 것 같았다. 그리고 지니의 아픔을 다독여주고 싶었다.

지니가 갑자기 훌쩍이기 시작했다. 추워서 콧물을 들이키는 소리는 아니었다. 눈에 액체 같은 것이 조금씩 얼굴로 흘러내렸다.

왜 갑자기 우는 거지?

"이 세상에 내가 없어지면 어떻게 될까 생각해 봤어요?"

지니는 나에게 물었다. 내가 3년 전부터 계속 고민하던 내용이었다. 지니도 이런 고민을 할 거라고는 생각을 못 했다.

"너무 힘들 때는 그냥 없어지는 것도 좋을 것 같아요."

지니의 반복적인 말에 나는 아무 말도 하지 않았다. 왜, 라고 물어보는 것보다 이때는 침묵이 더 적절하다.

"나도 그랬는데…."

지니가 고개를 돌려 내 얼굴을 보았다. 나는 말을 이어갔다.

"사고 난 다음에... 죽고 싶었어. 그런데 나와 같은 장애인들이 이 세상에 많고 즐겁게 사는 것 같아서 놀랐어. 그리고 춤을 추니 다른 생각이 안 들었어."

지니는 잠시 말이 없더니 다시 슬픈 목소리로 말했다.

"난 고슴도치예요. 너무 가까이 오면 찔러요. 부모님은 나에게 거는 기대가 높아요. 엄마는 아버지와 싸움하고 나서 히스테리를 나한테만 부려요. 언니와 오빠는 공부를 잘해서 잘 해주고 나한테만 뭐라고 해요. 난 태어나서 한 번도 사랑을 받아본 적이 없어요. 남에게 잘하라고만 가르치고…."

나는 상처가 보이지 않는다고 상처가 없으리라는 1차원적 생각을 빨리 바꾸고자 했다. 보이지 않는 상처가 어쩌면 더 클 수도 있다. 나는 가방에서 휴지를 꺼내 지니의 눈물을 닦아주려 했다. 지니가 잠깐 움찔하더니 가만히 있었다. 나는 지니의 눈물을 닦아주며 말했다.

"결함은 멋진 거래."

갑자기 생각나서 말했는데 뜬금없다고 생각할지도 몰랐다.

"누가 그래요?"

"어떤 아줌마가?"

"그 아줌마 멋지네요. 진짜 멋진 말씀이에요."

지니는 그 말에 그다지 공감한 것이 아니다. 진짜 공감이 되었다면 멋진 말씀이라고 하지 말고 자신도 결함이 있지만 그렇게 생각하도록 마음을 바꾸겠다고 말해야 한다.

나는 화제를 돌렸다.

"드라마가 사람들에게 고정관념을 심어주는 것 같아. 드라마에서 장애인이 나오면 거의 똑같아. 남자가 장애인이고 사고가 나자 여자에게 떠나래. 자신이 짐이 될 거라며, 정상인 사람을 만나라며, 부담을 주는 게 싫다며 여자에게 헤어지자고 해. 작가가 장애인을 인터뷰 한 번이라도 해보고 쓴 거냐고? 웃겨. 이건 장애인이 그러길 바라는 속 마음을 내비친 거잖아. 장애인의 로 망이 아니라 비장애인의 판타지를 그린 거잖아. 장애인을 불행 의 아이콘으로 본 거잖아. 힘들어 보이지만 그건 보는 사람 생 각이고 장애인은 슬프지 않아. 장애인에게 슬픔을 강요해."

"맞아요."

역시 영혼 없는 대답이다. 하지만 나는 지니를 미워하고 싶지 는 않다. 나는 계속 말했다.

"여기 오니까 나는 장애인에 못 끼는 것 같아. 걸어 다니지도 못하는 심한 사람들이 많아."

"거의 다 못 걸어 다니죠."

"내가 걸어 다니니까 다들 부러워하는 눈치였어."

"맞아요."

"척추뼈는 경추 몇 번, 흉추 몇 번을 다치느냐에 따라 증상이 다르대."

나는 여기 와서 주워들은 이야기를 마치 많은 것을 안다는 듯 자랑하듯 떠벌였다. 분위기를 바꾸려고 들뜬 목소리로 말했다.

"하반신 장애인이라도 요즘은 아기 낳을 수 있어, 어느 유명 한 연예인이 인공수정 해서 시험관 아이를 낳았는 데 성공했대. 남자 정자를 받아서…."

"몽도님! 그만 해요!"

지니가 어찌나 소리를 크게 질렀는지 나는 깜짝 놀랐고 멀리 있던 사람들도 다 돌아볼 지경이었다.

"왜 그래? 나는 그냥 시험관 아기 이야기를 한 건데…."

"그런 얘기 듣고 싶지 않아요."

"왜?"

"너무 외설적이에요."

"인공수정, 시험관 아이가 그렇게 야한 말이야?"

"어쨌든…."

"외설과 예술의 차이가 뭔지 알아?"

"몰라요."

"남자 존슨이 서면 외설이고 안 서면 예술이야."

지니는 웃지 않고 심각한 표정이었다.

지니가 이런 이야기에 민감하게 반응하는 이유를 알 수 없었다. 어떤 일이 있었길래 이 정도 이야기에 민감하게 반응할까?

나는 기분이 좋지 않아 말을 멈추었다. 도대체 무슨 말을 해야 지니가 재미있어할까? 어려웠다.

그날은 그것을 마지막으로 일어나 어색하게 인사하고 집으로 와 버렸다. 항상 이렇다. 흐렸다, 맑았다 하는 날씨처럼 좋았다, 나빴다 하는 지니의 반응에 나는 혼란스러웠다.

이런 것이 몇 번 반복되었고 나는 이해해 보려고 했다. 이것도 허물이면 허물이라 할 수 있는데 허물까지 받아들여야 진정 모든 것을 다 받아들일 수 있다고 생각했다.

루비와 남산타워

나는 루비 생각이 났다. 루비라면 어떨까? 아직도 병신 새끼, 라는 생각을 가지고 있는지 알고 싶고 내가 지니에게 못 할 이야기를 한 것인지 알고 싶어 루비에게 연락했다.

"왜 지금 연락했어. 기다렸잖아. 깔깔."

목소리가 여전히 따릉따릉 자전거 소리처럼 굴러간다. 역시 즉흥적이고 뒤끝이 없는 성격 그대로다. 저녁때 자기가 일하는 곳까지 오라고 한다.

오랜만에 만난 루비는 더 활기차 보였다.

"남자 정자를 빼서 여자 난자에 인공수정 하면 장애인도 애기 낳을 수 있대."

"그게 뭐 대단해? 그거 상식 아냐?"

지니와 루비의 반응은 분명 달랐다.

"그게 안 서서 정자를 발사 못하면 인공수정 해야지, 어떻게 해. 나도 나중에 남편이 고자면 인공 수정할 거야."

루비의 표현이 너무 거침없어서 오히려 내가 민망할 지경이었다. 루비는 덧붙여 남산타워에 놀러 가자고 했다.

"왜 남산타워에 가고 싶어?"

"서울이 다 보이잖아. 세상을 신처럼 내려다보고 싶어."

나는 지금은 가고 싶지 않아 다음에 가자고 했다. 그러자 루비는 그다음 주에 알고 있는 다른 오빠, 언니, 동생들을 모아 남산 갈 사람을 모았다. 루비는 그런 여자다. 누구나 친하게 지내고 쉽게 사귀고 바로 언니, 동생으로 관계를 만든다.

3명을 모아 루비와 나, 이렇게 5명이 남산에 갔다. 대학생 장애인 여자와 비장애인 형이 동행했다. 일반 차는 못 들어가지만 장애인 차는 정상까지 올라가 주차할 수 있었다.

루비는 비밀이 없다. 차 안에서도 다른 사람이 있는데도 거침없이 이야기해서 다른 사람들을 어리둥절하게 했다.

"몽도야, 우리 자물쇠 만들자."

"연인도 아닌데 왜 만들어?"

"아니야? 넌 내꺼야. 너 ~~ 배신하면 죽는다."

형과 대학생 누나들이 다음 말을 이었다.

"야, 연인만 만드냐? 우정도 중요한 거야."

"미래에 연인이 될 수도 있잖아."

어째 분위기가 루비 편을 드는 거 보니 오늘도 험난한 하루가 될 것 같았다. 결국 몰아가는 분위기와 루비의 강한 압박으로 자물쇠를 만들었다. 자물쇠에 하트며 이름이며 문구는 루비가 다 썼다.

- 하나 되는 그날 다시 오자.

"금방 또 와야겠네."

"셋이 되면 또 와야지."

"우리 팀은 언제나 하나 되어야 해."

이런 말들을 한마디씩 하고 난 후 자물쇠 구역에서 벗어났다.

"야, 나 오늘은 여기서 서빙 알바 할게."

카페에서도 루비가 나서며 분위기를 띄웠다. 말뿐이 아니라 장애인이 3명이니 루비가 음료를 날라주었다.

"오늘까지만 놀고 다음 주부터 알바 또 열라 해야지."

루비는 카페에서 알바를 1년 전부터 했는데 자신을 스타라고 했다.

"난 스타야 스타. 바리스타."

루비는 자신이 돈을 벌어야 하는 힘든 상황을 유머로 말하고 긍정적으로 바라보고 있었다. 자세한 집안 이야기는 안 했지만, 아버지는 안 계시고 어머니와 중학생 동생이 있는데 힘들게 일 하는 어머니를 도와 돈을 벌어야 하는 것 같았다. 주말 알바를 하다가 행사 들어오면 알바에서 빠져야 하기에 그것이 힘든 것 같았다. 어린 나이에 대단하다는 생각이 들었지만, 그것 뿐이었다. 그렇다고 내가 어떻게 해줄 수 없었다.

루비는 커피를 가져와서 내 옆에 착 붙어앉으며 내 다리를 꽉 쥐었다. 찌릿 전기가 오는 것처럼 다리가 놀라며 왜 이래? 하고 말하는 것 같았다.

루비는 앞에 있는 비스킷을 내 입에 넣어주었다. 앞에 사람이 많은 데서 이런 행동은 익숙한 것이 아니라서 내가 손으로 잡고 먹었다.

"보기보단 순진하네…."

그러면서 놀리는 건지, 뭐가 그렇게 좋은지 까르르르르 웃는다.

"너는 까졌니?"

팔 들어오지 마세요

"팔이 자꾸 들어오면 안 돼요."

지니는 비에니즈 왈츠를 추면서 자주 이렇게 말했다. '최대한 팔을 넓게 벌려 둥글게 홀딩 하면서' 이 말을 계속 반복했다. 화를 내면서 하는 게 아니고 부드럽게 지속해서 말을 했다.

내 오른쪽 팔이 많이 안쪽으로 들어온다는 것이다.

"팔이 중요한 게 아니야. 감독님은 팔 얘기는 안 했어."

"고개도 더 많이 옆으로 젖히세요."

지니는 마치 선생님이 학생에게 지도하듯이 말했다.

"전체 조화를 보지, 팔은 보이지 않아. 그리고 지니가 허리를 더 뒤로 젖혀야지. 자기는 안 하면서 왜 팔 얘기를 하고 있어."

이렇게 얘기하면 지니는 못 들은 척하며 계속 팔 얘기만 했다. 나도 부드럽게 얘기했으므로 강하게 부딪히지는 않았으나 연습이 끝날 때까지 계속 팔 얘기만 들으니 스트레스가 극에 달했다.

"춤출 때 남자가 리드해야 하는 거야. 감독님도 항상 그러잖아. 내가 팔로 신호를 줄 테니 나를 따라 해."

내가 이렇게 말을 하면 못 들은 척하는 것이었다.

감독님은 항상 이런 말을 했다.

"휠체어댄스는 여자 스탠딩이 끌고 가는 것 같지만 일반 댄스처럼 남자가 리드해야 해. 휠체어 남자가 먼저 팔에 신호를 주고 가야지 여자에게 끌려가면 안 돼."

또 팔 얘기 들을 것을 생각하니 머리가 아팠다. 더 이야기하면 험한 모습 보이며 싸울 것 같아 나는 여기서 멈추었다.

그다음 주는 머리가 아파 연습에 나가지 않았다. 그다음 주도 나가지 않았고 핑계를 대며 몇 주를 빠졌다. 그랬더니 지니에게서 전화가 왔다.

"요즘 무슨 일 있어요?"

"바쁘기도 하고 슬럼프에 빠졌나 봐."

"요즘 계속 빠지길래 무슨 일이 있나 하구요. 다음 주에는 볼 수 있죠?"

"글쎄, 지니가 나 코치해주는 거 고맙고 좋고 마음은 알겠는데 나 봐주느라 자기 연습은 못 하니 어떡해. 춤은 한 사람만 잘한다고 되는 게 아니라 둘이 조화를 이루어야 하는 거 잘 알잖아."

"다음 주에는 서로 봐주고 홀드해서 무너지는 부분을 집중적으로 연습하도록 해요."

서로 자기가 가르쳐 주겠으니 따라오라는 모습이 연출되고 있었다.

"예전 파트너 루비 동영상 자세히 보면 돌 때도 팔이 둥글게 유지되고 몸의 유연성을 최대한 살리는 모습인데 스트레칭 많이 하면 가능해. 연습 많이 해야 해."

"네. 몽도님도 팔 주의하세요."

전화로 또 그 말을 들으니 나는 주전자 뚜껑 열리듯 머리가 뜨거워지기 시작했다.

"솔직히 나 하기 싫어. 팔이 그렇게 중요해? 지니가 허리 더 굽히는 연습 해야지. 전체가 아름다워 보이지. 그렇게 뻣뻣하면 팔은 아무 소용 없어. 맨날 똑같은 말만 하니까 하기 싫어"

"네? 무슨 말이에요?"

"맨날 나한테 뭐라고 하니까 하기 싫다구."

"몰랐어요. 그런 생각을 하고 있는지."

"자기 것만 해도 시간이 없는데 왜 자꾸 남의 동작을 보냐구? 자기 동작에 신경 써야지. 다음 주에 갈 테니 그런 말 하지 마."

"네. 바빠서 그만 끊을게요."

지니는 부드럽게 바쁘다고 핑계 댔지만 더 이상 말을 이어가면 험한 말이 나올 것 같아 먼저 끊어버린 것이다.

다음 주에 다시 만나 연습을 했는데 팔 이야기는 조금 자제하는 것 같았다. 그러다가 다시 팔 들어오지 말라며 다시 이야기를 꺼내는 것이다.

나는 소리를 버럭 질렀다.

"그만 하라니까?"

"그럼 댄스 하지 마세요."

지니도 같이 버럭 소리를 질렀다. 자주 보는 지니의 모습이 아니었다. 나는 아무 말 하지 않고 다시 팔을 잡았다. 그러나 그날은 어떻게 연습했는지 정신이 하나도 없었다.

팔 이야기는 체전이 끝날 때까지 끝나지 않았다.

생일에 쿠킹클럽에서

지니와는 감정은 파도를 타듯 올라갔다 내려갔다 했다. 마치 시소를 타는 것처럼 올라가면 푸른 하늘, 내려오면 진흙탕이었다.

지니는 미안했다며 사과했다. 그리고 요리 이야기를 했다.

"누가 나를 위해 요리해 주면 정말 좋겠어요."

"그럼 쿠킹 클럽에 갈까?"

"좋아요. 어떤 요리 잘해요?"

"라면도 잘 끓이고, 계란 후라이도 잘하고... 라면 하나를 끓이는 것도 다 방법에 따라 맛이 달라. 물의 양을 잘 맞춰 넣고 그리고 먼저 수프를 넣어 1분 끓이고 라면을 넣어."

지니와 같이 간 쿠킹 클럽은 가족보다는 연인들이 많이 왔다. 서로 요리를 해주면서 마음을 나누고 알아가는 건 좋은 방법이다.

지니는 내가 해준 요리를 아주 맛있게 먹었다.

마침 그날이 지니의 생일이라는 것은 '카카오스토리'라는 앱을 통해 알게 되었다. 요즘은 생일 정도는 이렇게 만천하에 공개되어 누군가에게 축하받는 세상이 되었으니 외롭지만 외롭지 않은 시대이다. 미리 사놓은 카드에 즉석에서 문구를 써넣었다.

그대처럼 밥 먹고 그대처럼 잠자고

그대처럼 말하고 그대처럼 생각하는 것
그것보다 소중한 것은 없다.
그대가 있기에 세상은 돌아가고
그대가 있기에
세상의 모든 사물이 의미를 갖는다
그대가 처음 태어난 오늘이
1년 중 가장 큰 날
오늘이 바로 나의 명절
그대가 있기에 오늘이 있다

지니는 카드에 적힌 글을 읽어보더니 아무 말도 없이 가방에
쑤셔 넣어버렸다. 분명 감동을 받아서 아무 말도 못 한 것이다,
나는 내가 유리하게 생각했다. 그리고 말했다.

"나가서 잠깐 들를 데가 있어?"

"어디요?"

"선물 맡겨놓은 데가 있거든."

건물을 빠져나와 나는 버스 타는 곳 반대쪽으로 가며 따라오
라고 했다.

"어디 가는데요?"

지니는 그다지 기뻐하는 말투는 아니었다.

"화장품 가게 가서 직접 네가 골라."

"아니, 됐어요."

그리고는 뒤도 돌아보지 않고 휙 바람처럼 혼자 가버렸다.

쿵! 나는 오십만 가지 생각이 다 들었다. 한 가지 감정이 아

니고 여러 가지 마구 뒤섞인 이상한 감정이었다. 뻘쭘하기도 하고 모멸감 같기도 하고 자괴감 같기도 하고 수치심 같기도 하고 이상했다. 심지어 윙- 하고 귀에서 사이렌 소리가 들렸다.

"야! 이 바보 같은 년아!"

지니는 이미 사라져 눈에 보이지 않았지만 나는 이렇게 소리 질러야 직성이 풀렸다. 도저히 참을 수 없어서 전화했다. 두 번을 했는데 받지 않았다. 세 번째 하니 그때야 받았다. 역시 모든 것은 세 번까지 해봐야 해.

"왜 그냥 갔어?"

"오늘은 바빠서 다음에…."

"잠깐이면 되는데 내 기분 어떤지 알아?"

"미안해요. 그런 거 너무 어색해서…."

"뭐가 어색해? 직접 사면 들고 가기 힘들어서 마음에 드는 것 고르라고 한 건데…."

"아, 그런 줄도 모르고 미안해요."

미안하다는데 거기다 대고 더 이상 뭐라고 할 수 없었다.

집으로 터벅터벅, 쩔뚝쩔뚝 걸어오면서 이해하고 기다리자고 생각했다. 내가 너무 다가간 것이 아닐까 이렇게 생각해 보았다.

바람이 불 때는 바람막이로, 햇빛이 강할 때는 햇빛 가리개로서 있기로 생각했다.

정말 지니는 자기 말대로 가까이 가면 고슴도치처럼 가시로 찌르는 사람이었다. 어떤 사연이 있길래 가까이 가면 고슴도치처럼 찌르나. 나는 지니의 이런 증상을 고쳐주고 싶었다.

고슴도치의 가시를 가진 지니

"지니가 루비의 얼굴을 할퀴었대."

이런 소문이 들려왔다.

"루비가 지니의 얼굴을 할퀸 것이 아니라 지니가 루비의 얼굴을 할퀴었다구? 이건 정말 대박 사건이야."

팀원들의 호들갑 속에서 나는 그냥 소문일 뿐이길 바랐다. 하지만 한동안 루비가 나타나지 않고 연락도 받지 않자 소문이 아니라 사실로 굳어지는 양상이 되었다.

왜 그랬는지도 의견이 여러 가지였다. 거기에 내 이름이 들어가지 않기를 바랐으나 바램은 이루어지지 않았다.

막장 드라마에 많이 나오는 삼각관계로 될만한 사건도 없었고 그런 분위기를 느끼지도 못했다. 나도 그 이야기의 관련자이기에 내가 같이 있을 때는 사람들이 직접적으로 말하지는 않았다.

감독님과 단장님이 불러서 갔더니 거기서 모든 이야기를 들을 수 있었다.

"지니하고 루비는 같이 연습한 적이 없잖아. 그런데 루비 친구가 지니를 알아서 그렇게 연결되어 알던 사이였네. 너는 뭐 아는 것 없니?"

"나는 아무것도 몰라요."

"지니가 루비에게 연습 시간 부족하다고 행사 그만하라고 했다던데.”

“처음 듣는 얘기예요.”

“지니는 연습 진짜 많이 해서 유럽 대회 나가고 싶다고 했다며요?”

단장님이 묻자 감독님이 대답했다.

“아, 언젠가 한 번 유럽 대회에 대해 물어본 적 있어요.”

“근데 지니가 유럽 대회에 나가기는 좀 그렇잖아요.”

“그래서 다음에 기회를 보자고 했죠.”

“너는 들은 거 없니?”

단장님이 생수 물을 들이켜며 물었다.

“네. 나도 유럽 대회는 처음 들어요.”

“지니가 그런 꿈이 있었구나. 그럼, 말을 해야지.”

“지니 착하고 성실한데 그런 면이 있었네.”

“루비는 겉으로는 센 거 같아도 물렁이야.”

그 사건으로 몰랐던 내용들을 많이 알게 되었다. 그러나 단장님과 감독님이 모르는 내막도 있었다.

다른 사람들에게 들은 이야기를 정리하면 이렇다

먼저 만나자고 한 것은 지니가 아니고 루비였다. 어떻게 알게 되었는지 지니와 내가 쿠킹클럽에 간 것을 루비가 알게 되었다. 도대체 누가 알려준 것일까? 쿠킹클럽에 간 것을 아는 사람은 나와 지니 뿐인데...

먼저 루비가 지니에게 말했다.

“몽도는 행사 때문에 바쁘니 쿠킹 클럽 이런 데 가지 말라고.”

그러나 지니가 반격하며 오히려 유럽 대회 갈 거라고 하면서 행사 좀 그만하라고 했다.

"뭐 네가 어떻게 유럽에 가. 유럽은 내가 갈 거야. 너는 금수 저라서 돈 걱정 없지만 난 흙수저라서 돈 벌어야 해."

루비가 배경을 들먹이자 지니는 말로 한 것이 아니고 행동으로 보여준 것이다.

나는 지니에게 어떻게 대해야 할지 바로 떠오르지 않았다. 사람은 성선설, 성악설 두 가지로만 나누는 것이 잘못이라는 생각이 들었다.

나는 지니와 적절한 거리를 유지하기로 했다. 몇 번 가까이 접근했다가 바늘로 찔려보니 이제는 적당한 거리를 유지하며 기다리는 것이 좋다는 생각이다.

지니의 가시를 빼면 되는데 그 가시는 무엇일까?

"그냥 가만히 있으면 돼. 굳이 왜 빼야 해. 고슴도치의 가시 빼면 죽어."

또 엄마다. 내가 엄마에게 이야기했었나. 잘 기억이 안 난다.

엄마 책꽂이에 라즈니쉬, 인도철학, 장자 책이 꽂혀있어 가끔 들춰 보았는데 거기에 적힌 말과 엄마가 하는 말은 비슷했다.

'학의 다리가 길다고 자르지 마라.'

장자 책에 나오듯이 무엇을 억지로 하면 탈이 나니 자연 그대로 두라는 것이다. 그럼 저절로 해결된다는 것이다.

유럽 휠체어댄스 대회

루비가 유럽 대회에 가고 싶다는 것이 밝혀졌다. 국제대회에 참가하려면 국내 성적이 좋아야 하고 국가대표가 되어야 한다. 국내 대회는 2종목만 참가할 수 있는데 1종목은 지니와 폭스트롯을 하고 1종목은 루비와 라틴 종목인 룸바를 했다.

감독님은 처음에는 안 된다고 했지만 나는 고집을 부렸다. 국제대회에 못 나가면 아예 댄스를 그만둔다고 협박성 발언이 통했다.

국내 휠체어댄스는 인구층이 얇아서 쉬운 것 같지만 상위권으로 가면 이미 확고한 실력자들이 버티고 있어서 절대 쉽지 않았다. 장애 정도에 따라 경증에 속하는 '클래스 2'는 선수 인원이 많아서 특히 경쟁이 치열하다.

국가대표가 되기 위해서는 부족한 시간을 최대한 활용해야 했다. 루비와 나는 이틀에 한 번씩 만나 2~3시간씩 연습했다. 이젠 꿈속에서도 춤추는 꿈을 꿀 정도였다.

"룸바는 사랑의 춤이야. 너 사랑해 봤어?"

루비의 파소도블레 같은 돌발적인 공격에 나는 잠시 어디를 공격할까 생각하는 투우사가 되어야 했다.

"해 봤지 그럼. 너는 해 봤어?"

"지금 하고 있는 중이야. 너는 지금 안 해?"

"나도 하고 있는 중이야."

"대박! 그럼 우리 춤 잘 추겠다."

"뭐든지 대박이래. 중박은 없어?"

"중박 없어. 룸바 박자는 투 쓰리 포 원으로 해. 한번 해보자"

기본 루틴을 한 번 보여주고 바로 같이 해보자고 했다. 나는 팔에 힘을 주어야 하는지 팔을 자유롭게 하는지 몰라 그냥 되는 대로 했다. 그랬더니 바로 지적이 들어왔다.

"아니 팔에 힘이 하나도 없잖아. 팔이 흔들리면 안 되지."

"그럼 미리 얘기했어야지."

"아, 초보도 아닌데 왜 그래? 아니 박자가 틀리잖아."

"박자 맞추기 힘들어."

"그럼 카운터를 세."

"투 쓰리 포 원. 투 쓰리 포 원"

나는 박자를 맞춰 안 틀리려고 신경 써서 입으로 카운터를 세면서 했으나 또 지적이 들어왔다.

"너무 어색하잖아. 자연스럽게 박자가 맞아야 하는데 너무 뭐랄까... 억지로 맞추는 것 같아. 로봇 같아."

"왜 그러지?"

"너무 기계적으로 카운터만 세니까 그러지. 자연스럽게 음악에 몸을 맡겨서 흐름을 타야지."

루비가 가르쳐 주는 대로 음악에 귀를 기울이고 리듬에 맞춰 동작하니 신기하게도 잘 되었다.

"룸바는 밀당해야 해."

"밀당?"

"응, 밀고 당기고... 멀어졌다 가까워졌다."

"사실 나는 밀당은 싫은데 그냥 직진이지."

내가 말하자 루비도 맞장구쳤다.

"너도 그러니? 나도 그래. 그런데 춤이 그런데 어떡해. 밀당해야지."

루비가 내 무릎에 앉는 동작이 조금 동작이 느린 것 같아 나는 말했다.

"빨리 올라타."

"뭐? 올라타? 너 말이 너무 싸구려다"

"뭐가 싸구려야. 그럼 뭐라고 말해?"

"올라가, 라고 해야지."

"올라타나 올라가나 그게 그거지."

"뭐가 그래?"

"벌려, 더 벌려."

"하는 말이 어째 다 저질이야. 너 일부러 그러는 거지."

"팔을 더 벌리라고. 그래야 화려해 보이지."

"그냥 말하지 마. 이젠 조금 배웠다고 선생 하려고 하네."

루비가 무릎에 올라앉으면 무릎이 아파 움찔하면 루비가 또 거침없이 말한다.

"야. 춤출 때는 느끼지 마. 끝나고 시간 많아."

이렇게 다투면서도 하나씩 배워가니 정신이 맑아지고 몸이 좋아하고 걱정이 사라졌다.

내일이면 유럽으로 떠난다.

유럽에 갈 것인가, 장례식장에 갈 것인가?

늦은 밤에 갑자기 단체방에 메시지가 떴다. 이상하게도 그 소리가 아주 긴박하게 들렸다.

부고. 이지니 오빠 서울 병원 장례식장

부고 소식을 접하고 마치 내 가족이 죽은 것처럼 지니의 슬픔이 그대로 전해져 왔다. 가까이 있던 사람이 어느 날 갑자기 없어진다면 어떤 기분일까.

단체 문자로 소식이 올라오자마자 루비는 전화를 걸어 내일 유럽 가야 하는데 왜 하필 이때 죽었냐며 투덜댔다.

"유럽 가야지."

루비는 유럽 가야 한다며 나에게 압박했다.

"유럽에 갈 거야, 장례식장에 갈 거야?"

루비는 빨리 말하라고 소리 질렀다.

"그동안 연습한 거 아까워. 이번에 못 가면 또 1년 기다려야 해. 그때 또다시 처음부터 다시 해야 해."

루비는 소리 내어 울었다. 나도 울고 싶은 심정이었으나 울지는 않았다. 나는 두 가지 안 좋은 일이 벌어진 것이니 루비보다 더 슬픈 상황이다.

내일 다 같이 조문 가자고 단장님이 문자를 올렸으나 나는 현장학습처럼 우르르 몰려가는 것이 싫고 형식적인 느낌이 들어 나 혼자 따로 가기로 했다.

"유럽은 언제든 갈 수 있지만 장례식은 딱 한 번이야."

루비는 이 말을 듣자 바로 전화를 끊었다.

루비는 장례식에도 가지 않은 것 같았다.

나 혼자 간 장례식장은 혼잡스럽지 않아 좋았다. 지니는 얼마나 울었는지 눈이 퉁퉁 부었고 잠도 제대로 자지 못했는지 피곤함이 얼굴에 묻어있었다. 밥과 국, 떡, 홍어회, 동그랑땡 등이 차려져 있었지만 나는 과일만 몇 개 먹고 지니를 불러 이야기했다.

사망 원인은 교통사고라고 했다. 그놈의 교통사고. 운이 없으면 죽고 운이 좋으면 장애인으로 살아간다. 아니 그 반대인가? 그렇다면 나는 운이 좋은 사람인가? 운이 없는 사람인가?

"이렇게 허망하게 가다니. 신은 너무 불공평해. 몽도님은 왜 사는 거 같아요?"

지니는 애써 담담하게 말하려 했지만, 속에서 터져 나오는 울음은 참기 힘들어했다.

"나도 아직은 확실히 모르지만 조금은 알 수 있을 거 같아."

"너무 허망해. 한순간인 거 같아요."

"맞아."

"이 몸은 도대체 뭐죠?"

"뭔지 나도 잘 몰라. 몸이 영혼에 매달린 걸까, 영혼이 몸에 매달린 걸까? 잘 모르겠어."

언제 어떻게 될지 모르기에 오늘을 충실하게 살아야겠어요. 어떤 사람은 이렇게 생각한다. 죽으면 끝인데 인생은 한순간이기에 살아서 뭐 하나, 하며 허무주의에 빠지는 사람이 있고 어떤 사람은 또 다르게 해석한다.

위로의 말을 건넸다. 그렇다고 '힘내', 이런 힘 나지 않은 말은 하고 싶지 않았다. 힘이 나지 않는데 어떻게 힘내라는 말인가? 이건 너무 심한 고문 아닌가?

"지니, 오빠는 긴 여행 갔다고 생각해."

"여행 아직 안 떠났어요. 아직 여기 있어요."

아, 내가 너무 성급했나. 아직 떠나지 않은 사람에게 떠났다고 섣불리 말하다니.

"슬프면 울어. 그러면 조금은 편해질 거야."

이 말은 엄마가 늘 하는 말이다. 슬프면 슬피 울고 기쁘면 기뻐 소리쳐. 그러면 마음이 가벼워질 거야.

이 말이 떠오르니 왠지 모르게 나도 울고 싶어졌다. 목소리가 떨리면서 제대로 발음할 수 없었다. 조의를 할 때 본 잘생긴 지니의 오빠 사진이 떠올랐고 이젠 지니가 오빠를 영영 볼 수 없다고 생각하니 지니의 슬픈 마음이 느껴져 눈물이 나왔다.

"왜 울어요?"

지니가 의아한 듯 물었다.

지니는 내 행동이 과도한 것으로 보였는지 몰라도 나는 진정 슬퍼서 애도한 것이다.

"슬퍼서 울었는데 안 슬퍼?"

"내가 슬프지, 왜 몽도님이 슬퍼요?"

"지니가 슬퍼할 거를 생각하니 그 마음이 전해져 나도 슬퍼."

"그렇게까지 안 해도 돼요. 그냥 와 준 것만으로도 고마워요."

지니는 부드럽게 말했지만, 그 내용은 절대 부드럽지 않았다. 내 식으로 해석하면 이렇게 되는 것이다.

'선을 넘지 말고 감정 이입하지 말고 그냥 밥이나 먹고 남들처럼 조용히 있다가 꺼져.'

형식적으로 그냥 예의만 갖출 거라면 나는 오지도 않았다.

지니가 그런 식으로 말을 할 줄은 몰랐다. 내가 이해해야 하나? 나는 고슴도치처럼 방어적 태도를 지니에게서 몰아내고 싶었다. 그러나 그날은 아무것도 하지 못하고 장례식을 나오면서 나는 죽음에 대해 이런 생각이 들었다.

학교에서 수학, 영어는 너무 많이 배우지만 죽는 방법을 가르쳐 주지 않는다. 살아가는 방법은 그렇게 많이 가르치면서 왜 죽는 방법은 가르쳐 주지 않는 걸까?

나는 그날 엄마에게 죽음에 관해 물어보았다.

"어떤 죽음이 가치 있는 죽음일까. 구호를 외치며 분신하는 죽음? 남을 구하며 죽는 살신성인? 성실한 삶을 마치는 조용한 죽음? 위대한 예술작품을 남기고 가는 천재의 죽음?"

"모두 다 죽음이 올 때까지 살아있으면 되는 것이 아니라 진정한 죽음을 위해 오늘도 살아가는 거야. 올바로 죽는 법을 배운다면 올바로 살아가게 된다."

나도 빨래 잘 널어

장례식이 다 끝나고 2주일 후에 지니는 조금 안정을 찾은 것 같았다. 아니 안정을 찾은 것처럼 보이려고 하는 것일지 모른다.

"이번에 내가 속한 봉사단체에서 양로원에 자원봉사 가는데 같이 갈래요?"

지니가 밝은 표정으로 물었다. 일부러 밝게 보이려고 애쓰는 모습이 조금 애처로웠다.

"그럴까?"

나는 사실 자원봉사를 하고 싶은 마음은 없었으나 지니가 부탁했고 지니와 같이 뭔가를 해보고 싶어 승낙했다.

내 생각으로는, 지니는 자원봉사를 통해 오빠의 죽음을 조금이라도 잊어보려 하는 것 같았다. 아니면 봉사는 계속해오던 것일지도 모른다. 어쨌든….

12인승 승합차에 12명이 타고 1시간을 달렸다.

승합차에서 나란히 앉아 지니의 얼굴을 바라보니 지니는 먼 허공을 향해 꿈꾸는 듯한 표정이었다.

목에는 못 보던 목걸이가 걸려 있었다. 열쇠 모양의 목걸이였다. 저 열쇠로 뭘 열고 싶은 걸까? 아주 예쁜 여성스러운 목걸이는 아니었다. 오히려 남자 목걸이 같기도 했다.

지니는 멍하니 잠시 아무 생각을 안 하고 있는 것 같기도 했다. 가는 도중에 일어난 일이라면 차가 갑자기 급정거하여 나는 마주 앉은 지니의 허벅지를 잡고 앞으로 쏠리는 것을 가까스로 멈추었다. 허벅지를 잡지 않았다면 지니의 가슴 쪽으로 내 얼굴이 쏠려 젖가슴 속으로 얼굴이 파묻혔을 것이다.

갑자기 놀랐을 것도 같은데 지니는 아무런 반응을 하지 않았다. 나도 미안하다는 말도 하지 않았고 그냥 암묵적으로 이해하는 것으로 넘어갔다.

도착한 양로원은 건물부터 쓸쓸하고 애처로워 보였다. 실내로 들어서자 석고처럼 움직이지 않고 앉아있는 노인들이 여기가 양로원이라는 것을 알려주었다. 자세히 보니 혼자 움직이는 노인도 있었고 침대에 누워만 있는 노인도 있었다.

여기서 자원봉사 할 일은 노인들 씻겨주기, 밥 먹여주기, 빨래하기, 같이 노래 부르기 등이었다.

나는 어떻게 해야 할지 몰라 지니만 따라다니며 옆에서 지니가 하는 것을 도와주었다. 노인들 씻겨줄 때는 물을 받아주고 밥 먹여줄 때는 떨어진 밥풀을 주워 담았다.

빨래를 널어줄 때였다. 빨래는 거들어 줄 게 없어 같이 널어주면 되었다. 빨래 널기는 어려운 일이 아니다. 나는 지니 옆에서 빨래를 능숙하게 널어주니 지니는 얼굴에 빙그레 미소가 피어올랐다. 지니는 빨래를 들어서 주면 내가 줄에 널었다.

지니는 내가 빨래 널어주는 것이 신나는지 연신 즐거운 표정이었다. 마치 행복한 공주가 된 표정이었다.

"오빠가 빨래 잘 널었는데…."

"나도 빨래 잘 널어."

"밥상 차려주는 사람도 있었으면 좋겠어요."

나는 밥상도 잘 차려, 이 말은 하지 않았다. 마치 내가 노예가 된 이미지가 될까 봐 참았다. 한 번 정도는 차려줄 수 있지만 평생 차려주는 것은 못 할 것 같았기 때문이다.

돌아오는 길에도 차에서 서로 마주 앉아 왔는데 이번에도 차가 급정거하자 지니가 내 허벅지를 꽉 잡았다.

사실 약간 가늘어진 허벅지를 누가 만지는 것을 싫어했는데 지니가 꽉 잡으니 온몸이 짜릿한 전율이 지나갔다. 한 번 더 만져! 이런 말을 하고 싶어질 정도로 짜릿한 쾌감이었다.

나는 목걸이가 계속 보이길래 물었다.

"처음 보는 목걸이네."

"오빠 목걸이예요."

"잘 어울려."

"고마워요."

승합차에서 내려 전철역까지 걸으며 지니가 말했다.

"빨래 널어줄 때 너무 좋았어요."

"나는 빨래 잘 널어. 외로울 때도 빨래를 널고 화가 날 때도 빨래를 널어. 그러면 외로움과 화가 사라져. 아무 생각이 안 들고 즐거워져."

빨래 하나로 지니의 마음이 나에게 쏠리다니 나는 더 자주 빨래를 널어줄 수 있다.

사고는 맨발을 노린다

한 달 후부터 지니는 다시 연습에 참여했다. 애써 아무렇지도 않은 듯 행동했으나 가끔씩 동작을 잊어버리고 실수하는 것을 보면서 나는 안타까웠다. 더 안정을 취하고 해도 되는데….

적어도 겉으로 볼 때는 오빠의 교통사고를 당한 사람이라고는 믿을 수 없을 정도로 빠른 회복처럼 보였다. 얼마나 마음속으로는 고통을 감내하고 있는 것일까?

나는 그것이 목걸이의 힘이라고 생각하고 있었다. 지니는 오빠의 목걸이에 집착했다. 어느 날은 목걸이를 걸고 오지 않았다고 불안해하며 다시 집에 가기도 했다.

그날도 목걸이를 걸고 오지 않았다고 집으로 가려던 것을 나는 붙잡아 한 번만 하고 가라고 했다. 춤을 추던 도중 지니는 갑자기 구두를 벗고 맨발로 휠체어를 끌기 시작했다. 나는 휠체어 바퀴가 지니의 발을 스칠 때마다 불안하여 제대로 내 동작을 할 수 없었다.

"구두 빨리 신어. 위험해."

하지만 지니는 내 말을 못 들은 척, 계속 맨발로 춤을 추었다.

사고라는 놈은 약간의 가능성만 생기면 바로 일어난다. 휠체어 바퀴가 지니의 발을 찍은 것은 순식간에 일어났다. 구두를

신었더라면 크게 다치지 않았을 텐데 맨발과 휠체어가 부딪치면 여린 살은 바로 피를 보는 것이다.

발톱이 덜렁거리고 안에 빨간 피가 금방 괴어올랐다. 쳐다보는 것만으로 살이 떨리며 아픔이 전해져 왔다.

병원에 입원한 지니를 찾아갈 때 무엇을 사갈까 고민하다가 꽃을 사기로 했다. 꽃을 찾아 동네를 한 바퀴 돈 후 안개꽃을 샀다.

병실 문을 열었을 때 지니는 치아를 활짝 보이며 웃었다.

꽃을 꽂아둘 화병이 없어 머리맡에 두자 지니가 말했다.

"너무 예뻐요."

지니가 조금 감동한 것 같았다. 나는 사실 꽃이 그렇게 마음 설렐 정도로 예쁘지 않은데 꽃을 여자들이 좋아할 거라고 본능으로 알았고 지니는, 내가 가져온 꽃을 보고 웃고 나는 그 웃음을 보고 웃는다. 이건 무슨 효과지? 나비 효과인가? 안개꽃 효과일 수도.

"우리 퇴원하면 패러글라이더 같이 탈래요? 하늘을 날면 다 잊어버릴 거 같아."

누워서 아픈데, 퇴원하고 나서의 계획을 상상하는 여자, 지니는 힘든 표정을 지은 적이 별로 없었다.

스키 타러 가자고 할 때도 그렇고 내가 장애인이라 할 수 없을 거라는 편견이 없었다. 물론 나도 그렇게 생각하지만 말이다.

"좋아, 하늘을 날면 새로운 세상이 보일 것 같아."

나에게 가자고 한 것은 지니가 내게 다가오는 것 같아 기분도 좋았다.

지니 밑으로 깔리고 싶다

패러글라이더 타는 곳에 지니의 친구 2명과 그 친구의 남자친구들이 모였다. 그러니까 모두 6명이 모였다. 그들은 모두 동호회 소속이었는데 대학생도 있고 재수생도 있다. 이것은 어떻게 보면 쓰리플 데이트 같은 것이다. 그런 단어가 있다면 말이다.

"지니랑 어떤 관계예요?"

키가 180센티미터쯤 되고 머리를 뒤로 넘긴 이목구비가 뚜렷한 남자가 물었다. 서양 배우 디카프리오를 닮았다.

그런 걸 왜 묻는 거지? 나는 처음 받은 질문이 공격적이라 조금 당황했지만 편하게 생각하기로 했다.

"다들 커플들이라 그게 제일 궁금하죠?"

커플 모임인지 알게 된 이유는 지니가 같이 가자고 하면서 말했기에 이미 알고 간 것이다.

"파트너야, 댄스파트너."

지니가 진실을 해명이라도 하듯 재빨리 말했다.

"지금은 손만 잡는 사이입니다. 그렇지만 미래 남친입니다."

나는 내 의지를 보여주듯 말했다.

지니는 눈 흰자위를 많이 보이며 나를 쳐다보았지만 입은 미소를 짓고 있었다.

일단 패러글라이더 타기 전에 카페인을 충전하자고 한 사람은 지니였다. 대학생이 되더니 술은 더 늘었고 카페인 중독까지 되었나.

카페에서 나는 텀블러를 꺼냈다. 예전에 지니가 준 텀블러다. 지니는 자기가 준 텀블러를 알아보고 살짝 놀란 표정이더니 이내 아무렇지도 않은 듯 가만히 있었다.

"이거 지니가 준 건데 진짜 좋아. 물 많이 들어가."

"물 많이 들어가면 좋은 거예요?"

디카프리오를 닮은 사람이 물었다. 이제부터 그를 디카프리오라고 부르기로 했다.

"아뇨. 지니가 줘서 좋은 거죠."

나는 확실하게 그에게 알려주고 싶어서 힘주어 말했다.

"지니가 어떤 점이 좋아요?"

네가 뭔데 그렇게 꼬치꼬치 캐물어? 이렇게 저돌적으로 말하고 싶었으나 나는 문화인이기에 약간 순화시켜서 말했다.

"취조당하는 것 같은데. 다음에 말할게요."

분명 커플 모임이라고 했는데 이게 무슨 전개지? 처음부터 발단은 생략하고 위기, 절정으로 치닫네.

저 디카프리오의 파트너인 향단이 같이 생긴 여자는 왜 아무 말도 안하고 생글생글 웃기만 하지? 그냥 여사친(여자 사람 친구)인가? 그리고 왜 지니는 아무런 말도 안 하고 묵비권 행사를 하는 거지?

그 자리가 싫어 빨리 일어나서 나는 패러글라이더 타는 장소로 이동했다.

그날은 중급자인 지니가 가르쳐 주어 기초를 배웠고 재미있게 타고 무사히 집으로 왔다. 그 후로 여러 번 패러글라이더를 타서 나는 익숙해지게 되었다.

어느 바람이 조금 부는 날, 다시 패러글라이더를 타게 되었다. 바람이 불어 다음에 타자는 의견이 있었다. 그러나 소수 의견이었고 대다수는 여기까지 왔는데 이 정도 바람은 별거 아니라는 의견이었다. 나는 처음이라 그 바람에 대해 판단하기가 어려웠다.

그날 나는 패러글라이더를 타다가 천국과 지옥을 동시에 맛보았다. 천국은 1분 동안 맛보았고 그다음부터는 지옥이었다. 하늘을 나는 환상적인 기분은 잠깐이었고 암울하고 답답한 기분은 길었다.

1분 정도 하늘을 날던 내 패러글라이더가 지니의 패러글라이더 줄과 엉킨 것 같더니 바로 만유인력의 법칙을 따랐다.

지니의 얼굴을 쳐다보니 그렇게 겁먹은 얼굴은 처음 보았다.

나는 지니를 살려야 한다. 지니보다 내가 먼저 떨어져야 한다. 지니가 다치면 안 되었다. 언젠가 읽은 칼릴 지브란의 이런 시가 떠올랐다.

사랑의 날개가 그대를 감싸거든 그에게 온몸을 맡겨라.
비록 날개 속에 숨은 칼이 그대를 상처 입게 하더라도

나는 있는 힘을 다해 소리쳤다.
"지니, 나를 꽉 잡아."

바람이 소리를 잡아먹어 잘 들리지 않는 것 같았으나 조금은 알아들었는지 울상을 지었다. 눈물이 하늘로 흩어지는 것이 보였다.

"안 돼."

지니는 고개를 옆으로 세차게 흔들어댔다.

나는 지니를 공중에서 잡고 지니 밑으로 들어갔다. 실제로는 아주 짧은 순간이지만 내가 느끼기에는 아주 긴 시간처럼 느껴졌다.

지니는 나를 붙잡고 자기가 밑으로 깔리려고 들어갔으나 나의 힘이 더 셌다. 신이 나의 힘을 더 세게 만들었으니 이건 내가 밑으로 깔리라는 신의 명령이다.

쿵, 소리가 들리고 아늑했다. 무엇에 한 번 부딪히고 땅에 떨어진 것 같았다. 내 위로 지니가 떨어졌다는 것을 느꼈고 나는 지니를 한동안 껴안고 있어서 포근했다. 조용하고 하얗고 깊은 잠에 빠졌다.

*

눈을 뜨니 천정이 하얀색이었다. 집이 아닌 것만은 확실했다. 처음에는 실감이 나지 않아 꿈을 꾸거나 다른 나라에 와 있는 기분이었다. 지니와 계속 안고 있는 꿈을 꾸었는데 깨어보니 지니는 품 안에 없었다.

통증이 몰려오기 시작하면서 현실이라는 것을 실감하게 되었고 죽지는 않았구나, 하는 생각이 들었다. 그렇다면 아픔, 기쁨,

슬픔은 살아있음을 느끼게 하는 감정이다. 많이 느껴봐야겠다.

흉추 6번 손상으로 하반신이 완전히 마비되었다. 감각도 없고 움직일 힘도 없다. 이젠 걸어 다닐 수 없다. 내가 자초한 일이지만 헛웃음이 나왔다. 실감이 안 나서 마치 판타지 만화를 보는 기분이었다.

지니가 패러글라이더를 같이 탔던 친구들을 데리고 병문안 왔다. 3명이 왔는데 디카프리오도 보였다. 나는 분위기를 무겁게 하면 안 될 것 같아 환하게 웃으며 농담으로 말했다.

"나 체어맨 됐어."

터졌다. 하지만 빵 터짐이 아니고 절제된 터짐이다. 그들은 남을 위로해 주는 자리이기에 자제하는 것 같았다. 그래도 작은 멘트에 이렇게 터지다니 참 순수한 사람들이다. 그리고 신기하게도 웃으니 한결 통증이 조금 들어든 것 같았다.

농담이나 웃음으로 분위기가 밝아진다는 것을 이미 경험으로 알고 있었지만 아픈 상황에서도 농담했더니 아픔이 가벼워지고 슬픔도 덜어졌다.

그들이 돌아가는 뒷모습을 보았을 때 나란히 가는 디카프리오와 지니가 아주 잘 어울리는 한 쌍 같아 보였다. 내가 누워있는 사이에 저들이 사귀게 되면 나는 큰 상심에 빠질 것 같았다. 빨리 일어나 디카프리오를 물리치고 지니와 사귀어야 한다.

지니는 혼자서도 자주 찾아와 많은 시간을 같이 보내고 갔다.

"이렇게 자주 볼 줄 알았으면 진작 다칠걸."

"모든 걸 농담으로 해요. 농담할 게 따로 있지. 너무 농담을 심하게 하는 거 아니에요?"

지니는 계속되는 농담을 좋아하지 않았지만 그래도 웃음이 많은 여자이기에 나는 그녀의 웃음소리를 듣는 것이 너무 짜릿해 무슨 말을 해서 웃겨줄까 늘 생각했다. 이선균 성대모사를 단독으로 들려주고 싶은데 기회가 오지 않는다.

지니는 나에게 생명의 은인이라느니, 자기 대신 다쳐 미안하고 고맙다느니 이런 말은 하지 않았다. 단지 매일 병원에 찾아와 행동으로 말을 대신했다. 지니가 그런 여자라는 것은 이미 알고 있었다.

"어설픈 장애인에서 진짜 장애인이 됐네. 뭔가를 할 수 있을 것 같아."

나는 진심 반 농담 반으로 말했다.

처음에는 정말 운이 없다고 생각했다. 어떻게 두 번이나 사고가 나서 장애를 단계적으로 올리나. 하지만 이제는 3번째 사고는 일어날 확률이 낮겠지, 라는 생각이 들었다. 지니가 그런 생각이 들도록 옆에서 도와주었다.

엄마는 새로운 치유법을 어디서 연구했는지 이렇게 말했다.

"다행이다, 라는 말은 참 좋은 말이야. 한번 해 봐. 다행이다. 손이나 머리를 다쳤으면 휠체어댄스를 하지 못할 텐데 다리를 다쳤으니 다행이다."

"다행은 다행이지."

지니가 옆에 있어서 더욱 그랬다.

나는 엄마 흉내를 내며 말해보았다.

"다행이다. 지니가 안 다치고 내가 다쳤으니 다행이다. 지니가 다쳤으면 아름다운 다리를 볼 수 없고 나랑 댄스를 할 수 없었을 테니 다행이다. 서 있다가 넘어져 다칠 일 없으니 다행이다."

그렇게 말하니 한결 나아졌다.

그동안 양서류처럼 휠체어와 지팡이 사이를 왔다 갔다 하니 휠체어댄스가 늘지 않았다. 이제 본격적으로 휠체어만 타면 능숙하게 휠체어 운전을 할 수 있을 것 같은 생각이 들었다. 어차피 장애인인데 조금 더 심한 장애인이 되었을 뿐이다.

단지 욕창을 조심해야 하고 소변볼 때 앉아서 보고, 신발이 닳지 않아 항상 새 신발을 신을 수 있다는 점이 그 전과 다른 점이다.

신발을 새로 살 필요가 없다는 것은 아주 좋은 것 같았다. 사람이 평생 몇 켤레 신발을 바꾸는지 계산해 보면 1~2년에 한 번씩 바꾼다 치면 평생 40~80번은 바꾸는데 이것이 필요 없어진 것이다.

"신발을 새로 살 필요 없으니 좋아."

나는 지니에게 말했으나 지니는 다른 말을 했다.

"우리 스노클링도 하고 스킨스쿠버도 해요."

지니는 나에게 꿈으로 자극을 주었다. 빨리 일어나라는 말을 아주 아름답게 표현했다.

"그래, 퇴원하면 물속에서는 걸어 다닐 필요 없으니까."

지니는 학교에 출석하듯이 날마다 병실에 들러 많은 시간을 보내고 갔다.

그리고 내 병실인데 마치 자기 방처럼 꾸며 놓았다. 좋아하는 캐릭터를 여기저기 붙이고 스노우볼 10개 정도를 창틀에 나란히 배치했다. 스노우볼을 한 번 흔들어 놓으면 하늘에서 흩날리며 반짝이는 꽃가루 같은 것을 보며 말했다.

"너무 예뻐요. 판타스틱해요."

"응 엘레강스하고 작은 세상 같아."

"날마다 몽도님 생각을 들려줘요. 오늘은 어떤 생각 하며 지냈어요?"

"오늘은 휠체어를 타고 병원 한 바퀴 돌아보려고 했는데 못했어. 왜 보도블록을 그렇게 매끄럽게 안 만들고 홈을 만들고 울퉁불퉁하게 만드는지 모르겠어. 그래서 이런 생각이 들었어. 이 세상에 휠체어 탄 사람이 더 많아져야 해."

"왜요?"

"세상의 절반쯤 되는 사람이 휠체어 타는 사람이라면 아마도 모든 길이 휠체어 전용도로가 생길 거야."

"아하!"

"그럼 다리가 아프지 않은 사람도 휠체어를 타는 사람이 있을 거고 휠체어 타는 사람이 더 많아지면 걸어 다니는 사람이 힘든 세상이 될 거야."

"기발한 상상이네요."

"그럼 장애인과 비장애인이라는 말도 없어질 거야. 휠체어 인간과 걸어 다니는 인간으로 구분되니까."

"미래 SF 영화 같아요."

"예전에는 자동차가 다 없어져야 한다고 생각했는데 이제 바뀌었어. 자동차든 오토바이든 많이 만들어서 더 사고가 자주 나서 장애인이 많아져야 장애인 편의를 더 생각하지.”

　“엉뚱하지만 이 아이디어를 영화사에 보내 봐요.”

네 옆에 있으니 잠이 잘 와

병원에서의 6개월은 지니가 함께 해서 지루하지 않았다. 지니가 없는 낮에는 활동 범위가 한정되어서 지루했고 아픈 사람들만 보니 침울해졌다. 그러다가 지니가 오는 시간만 되면 다시 활기를 찾아 하루 중 그 시간만 기다리게 되었다.

지니는 토요일마다 병실에서 자고 갔다.

"오늘 술 좀 마셨어요."

"이러니까 우리, 부부 같잖아."

"그냥 부부 할까요?"

이런 대화를 한 날 밤은 4인용 병실에 모두 퇴원하고 나만 있었다.

"좋은 거 가져왔어요."

지니가 가방에서 에비앙이라는 로고가 찍힌 물병을 꺼냈다.

"여기에 뭐 들어 있는지 알아요?"

"설마?"

"소주는 아니고 사케."

"결국 ......"

"컵도 가져왔어요."

그녀가 꺼낸 것은 종이로 만든 소주잔이었다. 이렇게 하나씩 꺼내니까 마치 보물을 꺼내는 거 같았다.

"자 마셔봐요. 부드럽죠?"

"마치 왈츠처럼 넘어가네?"

"하하하하하 와 스고이. 일본 술이니까 일본말이 나오네요."

"하하 그럼 러시아 술 마시면 러시아 말 하겠네."

그리고 나는 그날 들었던 음악을 들려주었다.

At the port, Red dress, hand in hand가 나오고 Sobbing in the night가 흘러나올 때 지니는 울기 시작했다. 나는 지니가 울도록 가만히 내버려 두었다. 그리고 아주 느린 동작으로 티슈를 꺼내 지니의 눈물을 닦아주었다. 지니는 얼굴을 피하지 않았다. 오히려 내가 잘 닦을 수 있도록 내 손의 위치에 눈을 잘 맞추어 대주었다.

지니는 눈물을 닦은 후, 아침에 반짝이는 이슬처럼 말했다.

"아, 후련해."

"울고 싶을 땐 마음껏 울어 내가 눈물 닦아줄게."

지니가 피곤한지 침대에 상체를 숙이고 엎드렸다. 나는 지니가 그렇게 있도록 가만히 두었다. 나는 지니의 머리카락을 가만히 쓰다듬었다. 지니가 살짝 고개를 들더니 행복한 미소를 지었다. 나도 환하게 웃어주었다.

지니는 내 웃는 얼굴을 보더니 너무 행복한 표정을 지었다. 살짝 신음소리가 들리기도 했다.

그동안 거울 보고 웃는 연습을 한 것이 이제야 빛을 발하나 보다.

5분쯤 다시 엎드려 상체를 일으키더니 말했다.

"나도 침대에 한번 누워보고 싶어요."

지니는 돌발적인 말을 했다. 물론 언어는 자동차가 아니니 돌발 운전을 해도 사고는 안 나니 다행이었다. 나는 돌발적인 지니의 말에 잠시 생각하다가 말했다.

"그래."

이렇게 단순한 말을 생각한 후에 하다니.

지니는 내가 누운 침대 위로 올라와 내 옆에 나란히 누웠다.

지니는 손으로 내 가슴을 만지더니 점점 밑으로 내려가기 시작했다. 배까지는 감촉을 느꼈지만, 그 밑으로는 감각을 느끼지 못하므로 그 아래까지 만졌는지는 나는 잘 모른다. 하지만 손은 계속 내려가는 것 같았으므로 내 하체 부위를 만졌을 것이다.

지니는 부드러운 손으로 내 부르튼 입술을 만지더니 곧 자기 입술을 가져다 댔다. 조금 힘을 주어 입술을 눌러 맛을 보았다. 마시멜로를 입술에 댄 기분이었다.

"꼭 마시멜로 같아요."

지니가 말했다. 내 생각을 읽는 것 같아 놀랐지만 나는 표현을 달리했다.

"나도 마시멜로 좋아해. 다음에 마시멜로 사다 놓을게."

그때 간호사가 들어오지 않았다면 더 깊이 음미할 수 있었을 것이다.

"침대에 보호자가 올라가면 안 돼요."

간호사는, 누가 만들어 놓은 규칙인지 모를 말을 했다. 황홀한 꿈을 마녀가 나타나 확 깨는 기분이었다.

"그런 규칙은 들어보지 못했는데요."

닿았던 입술이 떨어졌으므로 간호사가 나에게 말할 기회를 준

것이다. 그 기회를 나는 사용했다.

"보호자는 아래 보호자용 간이침대 있잖아요."

그것은 분명 간호사가 질투해서 하는 말이다. 지니가 일어나자 간호사는 나갔다.

간호사가 나가는 것을 확인한 지니는 내가 덮은 이불을 확 젖혔다. 내 다리는 바지에 가려져 다 보이지 않았지만, 종아리 부분이 걷혀 올라가 앙상한 다리가 보였다.

지니는 나의 종아리를 주무르기 시작했다. 나는 아무 감각이 없지만 정성스럽게 주무르는 모습을 보고 있으니 감촉이 전해져 오는 것 같은 기분이 들었다.

하얗고 작은 손으로 바지를 더 걷더니 내 허벅지까지 마사지하기 시작했다. 조물락거리며 마사지하는, 그 파란 핏줄이 보이는 하얗고 작은 지니의 손을 보고 있으니 손끝이 찌르르 떨리기 시작했다.

"기적이 일어났네."

"네?"

"내가 좋아하는 사람이 나를 좋아해 주는 건 기적이라면서."

"내가 좋아한다고 어떻게 단정하죠?"

"손과 입술로 느꼈어."

"그럼 나도 느끼게 해줘요."

"힌트 좀 줘."

"그런 건 스스로 찾아야 하는 거예요."

"지니는 나를 더욱 성장시켜. 지니 때문에 옛날의 내가 아니야."

나는 미소를 지으며 말했다. 그 미소에 화답이라도 하듯 지니는 환하게 웃었는데 입 모양이 반달 모양이었다.

"몽도!"

갑자기 존칭을 빼고 내 이름을 불러 나는 내가 무슨 잘못을 했나, 하고 지니를 바라보았다.

"이젠 나도 반말할 수 있을 거 같아."

이 말은 엄청난 말이다. 지니의 이 말은 새로운 변화를 몰고 올 말이기에 결코 가벼운 말이 아니다. 이 말은 아주 튼튼한 자기의 철칙을 깨고 새로운 세계로 들어간다는 의미이다.

"왜지?"

"그냥. 그렇게 하고 싶은 느낌이 왔거든."

지니는 정확한 대답을 회피했지만 나는 지니가 돌아간 후 그 이유를 심리학책을 뒤져가며 깊이 생각했지만, 알 수 없었다.

그래서 나의 신문고인 엄마에게 물었다.

"왜 지니가 갑자기 반말한다고 했을까?"

"너희들의 이야기를 모르니 그 얘기를 자세히 써서 보여주면 분석해 볼게."

그래서 그동안 있었던 우리의 일을 글로 쓰기 시작했다. 그래서 이 소설을 쓰게 된 것이다.

엄마의 말과 내 생각을 종합해 지니도 모르는 반말의 이유를 찾으려면 그때와 지금의 나의 차이점을 생각해 보면 된다. 그때와 지금의 나는 무엇이 다르지?

그때의 나는 몸의 모든 기능이 살아있었고 지금은 일부 기능이 죽었다.

왜 내가 다치니까 반말하고 내 옆에서 자고 내 몸을 만지지?

"이젠 나도 편하게 생각해도 될 것 같아."

지니의 말에 나는 속으로 기뻤다. 드디어 한 발 더 가까이 나에게 다가온 것이다. 지니가 존댓말을 쓸 때는 먼 거리감 때문에 아득한 느낌이었고 답답했었다.

여러 정황상 지니는, 내가 남자로서 기능이 불가능해지자 다가온 것으로 밖에는 해석이 되지 않았다. 성에 대해 예민하게 반응했던 지니의 트라우마가 무엇인지 알지는 못하지만 아마도 성과 관련이 있을 것 같았다.

내가 다치고 하체의 감각이 없어지자 가까이 온 것에 대해 불만은 없다. 오히려 나는 지니가 가까이 다가올 수 있는 조건이 된 것에 감사드린다.

"그동안 말을 못 하고 있었는데 고맙다고 말하고 싶어. 몽도"

지니가 입을 열었다.

"왜 고마워?"

"나를 살리려고 네가….."

"아니야, 난 내가 원해서 한 거야. 희생했다고 절대 생각 안 해. 난 그게 행복해서 한 거야. 진짜 나는 절대 희생이 아냐. 난 내가 사랑하는 사람의 완벽한 모습을 계속 보고 싶었어. 나를 위해 한 거야."

"그래도….."

"지니, 네가 사고 나서 장애인이 된다면 상상만 해도 슬플 것 같아. 나를 떠나서 어딘가에 있어도….."

"몽도, 너도 장애인인데 장애인을 슬프게 보는 것은 모순 아냐? 난 장애인 되어도 괜찮은데…."

"인간은 모순덩어리라는 거 몰라? 근데 내 감정이 그런데 어떻게? 나 이기주의자지?"

"무슨 의미인지는 알겠어."

지니는 그날 밤 나와 함께 침대에서 잤다.

나는 지니가 잠들 때까지 책을 읽어주었다. 읽어준 책은 병원 문고에서 지니가 빌려온 〈채근담〉이었다.

"계속 읽어줘. 채근담은 정말 좋은 말 많이 있어."

지니는 어린아이처럼 재촉했다.

"너무 뻔한 말이잖아."

"그래도 이런 말 들으면 마음이 너무 편해져."

"사람을 사귈 때는 나중에 가서 쉽게 멀어지는 것보다 처음 만날 때 친해지기 쉽지 않은 것이 낫다. 일을 함에 있어서 나중에 가서 힘들여 지켜내기보다는 다소 서툴게 하더라도 처음에 신중한 것이 낫다."

나는 그다지 강한 끌림이 없고 약간 고리타분했으나 지니가 좋아하니 나오는 하품을 참고 계속 읽어주었다.

아침에 일어난 지니는 벌써 세수를 하고 내가 먹을 물을 떠다 놓고 아침 식사를 운반하고 있었다.

나는 병원에서 나온 싱거운 밥과 반찬을 먹었고 지니는 편의

점에서 사 온 누들 컵라면을 먹었다. 식사를 마치고 지니는 가방에서 약을 꺼내 약을 먹으며 나를 쳐다보며 말했다.

"무슨 약인지 궁금해?"

"응."

"다음에 알려줄게."

지니는 약을 물과 함께 꿀꺽 삼키고는 침대 옆 의자에 앉더니 말했다.

"어젯밤 정말 달콤하게 잤어."

"그래? 다행이네."

"몽도도 잘 잤어?"

"나는 사실 깊이 못 잤어. 병원에서는 몸을 많이 안 움직이니까 밤에 잠이 안 와."

"나도 평소에 잠을 못 자는 불면증이 있었는데 어제 자게 해줘서 고마워."

"내가 한 것은 아무것도 없는데…."

"옆에 있어 주고 좋은 얘기 많이 해줬잖아."

"책을 읽어주었을 뿐이잖아. 그것도 뻔한 책."

"그런데 그 내용이 나를 편안하게 해주었어. 사실 그동안 너무 힘들어서 약을 먹었거든."

지니는 비밀스러운 이야기를 나에게 해주었다.

"불면증 약이지만 신경안정제도 먹거든."

"어제 말한 다음이라는 시간이 지금이야?"

누군가의 비밀스러운 이야기를 당사자에게 직접 들었을 때 충격보다는 안정감과 신뢰감이 든다.

지니도 나를 믿기에 나에게 자신의 은밀한 부분을 털어놓은 것이다. 자신의 감추고 싶은 부분을 보여주는 것인데 육체적인 치부를 보여주는 것과 정신적인 치부를 스스로 고백하는 형식으로 보여주는 것은 다르다.

육체적인 결함이나 비밀은 옷 한 꺼풀만 내리면 바로 보여줄 수 있지만 정신적인 비밀은 더 많은 에너지를 모아 스스로 입을 열어 머리를 거쳐 복잡한 절차가 필요하다.

그렇게 어려운 것을 한다는 것은 나에게 자신을 다 보여주어 교감을 더 긴밀하게 하고 싶다는 고백이다.

"전에 사랑하는 마음으로 춤을 춰야 진정한 춤이라고 했잖아?"

지니가 물었다.

"응."

"사실 그 말 듣고 공감이 많이 갔어. 진짜 사랑하는 마음으로 춰야 최상의 춤이 나오는데 그럴 수 없다는 것이 너무 슬펐어. 이제 노력해 볼게."

루비와 지니가 싸우면 누가 이길까?

루비는 사고가 나고 일주일 후에 병문안을 왔다.

"본격적인 장애인이 되었으니 이제 행사 더 많이 하자."

나는 농담 비슷하게 했으나 루비는 받아주지 않았다.

"본격적인 장애인은 뭐야? 그럼 예전엔 장애인 아니었어?"

그 후로 루비도 2주 정도에 한 번은 병원에 왔다. 오면 바쁘다면서 잠깐 있다가 갔다. 실제로 바쁜지 숨을 다급하게 헐떡이며 뛰어온 느낌이 들었다.

그러다가 오지 않게 된 것은 지니와 병원에서 마주친 이후부터였다. 그때도 지니가 내 침대 위에 올라가 같이 누워있었다. 밤 12시가 지난 시간이라 설마 누가 올까 했는데 그때 루비가 온 것이다.

루비는 우리 둘이 누워있는 것을 보고 아무렇지 않은 표정을 지으려 했지만 당황한 표정을 숨길 수는 없었다.

"베드씬 찍는 줄 모르고 왔네."

그녀 특유의 시니컬 하면서 쿨한 듯한 표현을 했지만 어딘지 모르게 어색한 억양을 느낄 수 있었다.

"베드씬은 무슨? 이제 화목씬 찍어야지. 하하"

나는 맞장구를 쳐주며 어색하지 않도록 분위기를 만들었다.

"다음에 올게."

"이 시간에 뭐 타고 왔어?"

나는 정말 궁금해서 물어보았다.

"오토바이 타고 왔어."

루비는 망설이지 않고 바로 말했다.

오토바이라면 아마도 노랑머리 그 녀석 오토바이 뒤에 타고 온 것 같았다. 예전에도 연습 끝나고 기다린다고 하길래 유심히 봤던 녀석이다. 그래서 나는 루비에게 물어봤었다.

"오토바이 재미있어?"

"너도 한번 타볼래?"

"아니 나는 4륜 탈 거야. 너, 내 4륜 탄다며?"

"이미 늦었어. 난 지금 2륜 타거든."

"오토바이 타고 주로 어디 가?"

"양평, 청평."

"위험하지 않아? 심하게 달리던데."

"할리잖아."

"할리?"

"할리라예. 할리 데이비슨. 몰라?"

"오토바이 브랜드 이름인 건 아는데 무슨 상관이야?"

"죽이지. 차 타는 거랑은 비교도 안 돼."

"네가 직접 운전하지 그래. 매미처럼 매달려 가지 말고."

"매미? 죽을래? 매미 만들어줘?"

나는 루비가 그냥 가는 것이 서운하여 물었다.

"주스라도 한 잔 마시고 가지."

"주스 대신 한마디 할게."

루비는 갑자기 감정이 끓어오르는지 격앙된 어조로 말했다.

"너희들 부부야?"

"뭐?"

나는 당황해서 그 말 밖에 나오지 않았다. 주스 마시냐고 물어보지 말고 그냥 보낼걸 그랬나?

"왜 병원에서 뒹굴고 난리야. 병원에서는 문병만 하고 집에 가. 이런 건 나중에 퇴원하고 아무도 안 보는 데서 해."

"루비..."

나는 어떤 말을 어떻게 해야 할지 몰라 이름을 부르며 그만하라는 뜻으로 말했다. 그러나 루비는 멈추지 않았다.

"얼마나 은인이길래 갑자기 이 지랄인데? 이런 데서 이러는 건 누가 보라는 수작 아냐?"

지니를 향해 비난 섞인 말을 했다. 더 이상 듣기 거북했는지 지니가 소리 높였다.

"그만! 그만 하세요."

"아 토 나와. 너 한 번 걸리면 죽여버린다."

루비의 거친 말에 지니는 지지 않았다. 부드럽지만 단호한 어조로 말했다.

"여기가 어딘데 그렇게 소리 질러요?"

"차라리 욕을 해."

"나가세요."

"누구한테 보여주려고 이러는 거야?"

"그럼 왜 루비 님은 수행 평가를 남에게 시켜요?"

루비와 나 둘만 아는 사실을 지니가 어떻게 알게 되었을까?

하긴 이쪽 동네는 소문도 빠르고 비밀이 없는 곳이다.

루비는 나와 지니 둘을 번갈아 보더니 받아쳤다.

"별거 다 갖고 질투질이네. 남이 수행 평가하든 수행 비서를 하든 무슨 상관이야?"

소리가 커지자 간호사들이 달려왔다. 조금이라도 늦게 왔으면 물건을 집어 던지며 싸울 기세였다.

"갈게."

내 대답을 듣지도 않고 루비는 바로 나갔고 지니가 따라 나갔다. 나도 뒤늦게 휠체어를 타고 따라갔으나 어디로 사라졌는지 보이지 않았다. 그리고 30분 후에 지니가 돌아왔다. 둘이 어떤 이야기를 했는지는 모른다. 나는 조금 망설이다가 물었다.

"무슨 얘기 했어?"

사실 대답 듣기를 큰 기대하지 않았다.

"그냥. 서로 쌓인 얘기⋯."

지니는 자세한 이야기는 하지 않았지만 나는 들리는 소문으로 기류를 알고 있었다.

루비가 유럽 대회 못 간을 아쉬워했고 내가 장례식장에 간 것에 대해 불만이 있었다. 그것은 나에게도 말했다.

"유럽 대회 꼭 가고 싶었는데⋯."

"다음에 대만 대회도 있고 독일 대회도 있잖아."

루비는, 지니가 날마다 병원에 온다는 것도 알고 있었다. 자기는 그렇게 못하겠다고 했다. 뭐 하러 그렇게 하냐고 했다.

내가 다쳐 병원에 있을 때 같이 행사할 사람이 없어 아쉽고 다른 사람을 찾아본다고 했다.

루비는 그 후로 병원에는 오지 않았지만 내가 외출하면 만나서 간단히 식사하고 헤어졌다. 루비가 먼저 외출 언제 하냐고 물었다.

"다음 주 금요일."

"그럼 내가 병원에 가서 가까운 데 가서 밥 먹자."

밥 먹고 나면 루비는 어딘가 전화를 걸었고 노랑머리 그 녀석이 오토바이를 타고 항상 데리러 왔다.

"남친이야, 애인이야?"

"남사친이야."

"몇 번째냐?"

"궁금해? 일곱 번째."

"그럼 나는 몇 번째고, 뭐야?"

"넌 다섯 번째고 남사친이지. 난 남친 없어. 다 남사친이야."

"착각했으면 큰일 날 뻔했네. 기준을 모르겠다. 남친, 남사친."

"그런 거 없어. 그냥 감정대로 하면 돼. 기준에 따라 하면 골치 아파."

"넌 참 영리하게 사는 것 같아. 분야별로 필요한 남친들을 만들어 서로 활용하고... 교통수단은 그 노랑머리. 리포트는 나."

"씨바, 갑자기 분위기 싸늘해지네. 지금 내 앞에서 까는 거야?"

사실 내가 느낀 대로 말한 것인데 어쩌면 비난으로 들릴 수도 있을 것이다. 어쩔 수 없다.

"난 한 번에 한 명만 사겨. 누구처럼 동시에 두 명 못사겨."

루비가 대학교에 들어와서는 수행 평가가 리포트로 변했고 강요에 어쩔 수 없이 해준 적도 있었다. 자료조사는 루비에게 하라고 하고 다듬어 주거나 방향을 알려주었다. 나는 그동안 했던 것들이 짜증이 나서 내가 느낀 것을 그대로 말해 버렸다.

"무용과는 무용만 잘하면 되지, 왜 그렇게 글을 쓰는 과제가 많은 거야?"

그러자 루비는 말했다.

"함 줄까?"

"뭘 줘?"

"남자답게 말해."

"그런 말 하지 마."

"계속 리포트 쓰면서 아무것도 안 주니까 화났잖아."

"이상한 말 한다. 네가 좋아서 해주는 거야."

"지금 고백이야? 말만 해. 난 줄 게 없어서 그거밖에 없거든."

"말 심하게 한다."

"괜찮아. 진심이야. 너무 미안해서 주고 싶어."

"좋아. 막상 한 번 하자 그러면 싸다구 날릴 거면서."

"너무 저질이었나, 근데 진짜 한 번 할까?"

"농담하지 마. 차라리 야동 보면서 딸 칠게."

"원하면 언제든 말해."

"그런 식으로 말하면 싸 보여."

"그럼 어떤 식으로 말해?"

"말로 하지 마. 눈으로 말해."

"우우우우우 소름~~~ 변태 새끼."

이제는 심한 말 한 후에 루비는 사라지지 않는다.

감정의 인플레이션. 감정의 면역체계. 나는 루비가 하는 말에 상처받지 않는다. 늘 그러니까. 오히려 위악적인 아이가 가여워 보호해 주고 싶었다.

정말 걱정이 되었다. 무슨 일이 일어날 것 같아 차라리 노랑머리와 헤어지게 하고 내가 뺐을까 이런 생각도 했다. 그리고 이어서 말했다.

"언젠가 사라질 몸. 나도 몸으로 하는 것은 다 하고 싶은데 너하고는 안해."

"기분 더럽네. 확 다 벗을까 보다."

"너 말이야."

"뭐? 뭐?"

"오토바이 타지 마."

"갑자기 웬 질투!"

"질투 아니야. 위험하니까 타지 마."

"신경 꺼!"

"타지 말라면 타지 마라. 사고 나기 전에."

"재수 없는 말 하지 마."

"노랑머리를 내가 확 재낄까 부다."

모두 다른 세계에 산다

병원에서 퇴원해 보니 새로운 세상이 펼쳐져 있었다.

걸어 다닐 수 있는 것과 걸어 다닐 수 없는 것은 완전히 다른 세계이다. 이 세상은 똑같은 세상처럼 보이지만 내가 체험하지 못한 전혀 다른 세계가 너무 많다. 지역, 학력, 지식, 직업 등에 따라 사람들은 모두 다른 세계에 살며 신체 조건에 따라서도 모두 다른 세계에 사는 것 같다.

그것을 느낀 것은 같은 팀에 소속된 시각장애인 파트의 어느 선수와 대화했을 때였다.

시각장애인은 눈은 보이지 않지만 다른 감각인 후각, 청각, 촉각, 미각이 발달했다는 것은 이미 알고 있었다. 그들이 보이지 않는다고 우리가 생각하는 것처럼 매일 매일 답답하거나 불편한 세상을 살고 있지 않다는 것을 실제로 느끼게 된 사건이 있었다.

시각장애인의 청각이 어느 정도인지 알고 싶어서 성대모사로 예전에 대화를 몇 번 해본 서른 살 누나에게 가서 말을 했다. 평상시에는 뻘쭘해서 성대모사를 많이 하지 않고 가끔 녹음기에 대고 혼자 녹음하며 노는데 사람에게 직접 해보기는 처음이었다.

나는 동굴 목소리라는 별칭을 가진 배우 이선균 목소리로 말했다.

"안녕하세요."

"어, 깜짝이야. 누구세요?"

"맞혀 보세요."

"지금 나 시험하는 거예요? 몽도 아냐?"

"와, 맞아요. 대단해요. 근데 어떻게 알았어요?"

말로만 듣던 청각의 능력을 직접 확인하니 온몸이 짜릿했다.

"이선균 목소리가 있긴 한데 원래 몽도 말투가 약간 들어있어."

"대단해요."

"다른 대사 해봐. 근데 똑같다."

"똑같다면서 맞추면 누나가 더 대단한 거 아니에요?"

서른 살 누나의 너무 좋아하는 반응에 나는 신나서 이 대사도 이선균 목소리로 했고 다음 대사도 성대모사로 말했다.

"봉골레 하나, 파스타 하나. 야 빨리빨리 안 가져오냐, 응?"

옆에 있던 다른 시각장애인들도 그 소리를 듣고 다 모였다. 모두 귀를 세우고 나의 대사를 기다리고 있었다.

"한 번 더, 한 번 더."

더 해달라고 아우성치길래 다른 대사로 성대모사 했다.

"야, 너 남자랑 연애 한 번도 안 해 봤지? 나랑 하자. 연애."

와우, 박수와 함께 함성이 터져 나왔다. 멀리 있던 사람들도 무슨 일인가 다가왔다. 일이 커지면 안 되는데... 더 해달라고 난리난리 개난리다.

한 번만 하고 도망치려고 했다.

"애들이냐? 네가 읽어. 뭐라고 썼는데? 니 마음이야?"

이 대사를 마지막으로 하고 가려는데 지니도 무슨 일인가 하고 다가왔다. 나는 지니에게 들으라는 듯 성대모사를 했다.

"나 이런 거 처음 받아본다. 음, 이 맛에 연애하나 보다, 사람들이."

연습실 여기저기에 있던 더욱 많은 사람이 모이고 거기서 빠져나오지 못하고 나는 계속 성대모사를 했다. 몇 가지 대사를 반복적으로 했다.

"야, 너 남자랑 연애 한 번도 안 해 봤지? 나랑 하자. 연애."

이 대사를 하고 지니를 쳐다보니 지니는 미소를 지으며 얼굴이 빨개졌다.

이 대사를 하고 재빨리 도망가려 했지만 그렇게 하지 못했다. 일단 경기용 휠체어에서 일반 휠체어를 갈아타야 하고 바로 오지 않는 엘리베이터를 기다려야 한다. 장콜(장애인콜택시)를 부르려면 시간이 걸린다. 울퉁불퉁한 보도블록을 가려면 시간이 걸린다. 그래서 나는 더 성대모사를 들려주며 천천히 같이 나가야 했다.

장애인 중에서도 휠체어를 탄 장애인의 세상은 딱 그 정도의 세계로 한정되어 있었다. 걸어 다니는 장애인과 휠체어를 타는 장애인은 하늘과 땅 차이고 다른 세계에서 산다.

병원에서는 잘 몰랐다. 병원에서는 생활이 단순하기에 큰 불편이 없었다. 병원을 나서는 순간부터 나는 휠체어를 탄 장애인이라는 것이 실감 났다.

병원 정문 앞에서 택시 탈 때 시간이 예전보다 더 걸렸다. 다행히 택시들이 줄줄이 대기하고 있었기에 택시를 잡는 데 시간은 걸리지 않았다. 하지만 휠체어에서 택시로 옮겨타는 데 시간이 걸렸고 휠체어를 트렁크에 넣는 데 시간이 걸렸다.

나는 엄마에게 이런 것을 말했다.

"걸을 수 있다면 3초면 탈 것을 휠체어를 타니 아무리 빨라도 3분이 걸려. 60배인지 100배인지 빨리 계산이 안 되지만 아주 많이 더 걸려. 병원을 나서니 하나 더 추가돼. 택시를 잡는데 그것보다 더 많은 시간이 걸려."

"시각장애인들은 눈으로 보지 않지만 손으로 보고, 귀로 보고, 코로 보지. 그들이 그렇게 적응하기에는 시간이 걸렸을 거야. 너 휠체어를 타면서 불편함과 답답함 없이 생활하려면 어느 정도 시간이 필요할 거야. 그동안 많은 시행착오와 실수를 통해 배울 거야."

엄마는 도사인가. 어떻게 당사자가 아닌데 이런 것을 알지.

"앞으로 모든 것이 그럴 거야. 이런 생활에 익숙해져야 해."

나는 이런 생각에 우울해져 있는데 지니가 말했다.

"이제 본격적으로 휠체어를 타게 되었으니 춤도 추면서 오히려 휠체어만 할 수 있는 것을 해 봐."

엄마처럼 지니는 긍정마인드를 가졌다.

"그래? 발상의 전환. 나쁘지 않아. 뭘 할 수 있을까?"

"휠체어 마라톤, 휠체어 탁구, 휠체어 체조…."

"그럴까?"

그렇게 운동을 시작했다.

기초체력을 위해 1시간 정도 동네 산책하고 오면 온몸이 땀에 흘렀다. 손의 힘만으로 바퀴를 밀면 상체 근육이 뻐근했다.

　그래서 전동휠체어를 살 것인가, 말 것인가.

　가족과 의논해야 할 첫 번째 문제이다. 가족이라 봐야 엄마와 강아지가 전부지만 강아지에게는 물어봐야 알아듣지 못하고 엄마의 의견을 들어보니 사라는 것이었다. 그러나 나는 사지 말자고 했다. 의견은 1:1이다.

　지니에게 물어보고 결정하기로 했다. 지니는 일단 지내보고 필요성이 느껴질 때 사라고 했다. 루비에게도 한 번 물어보았다.

　"개고생하니까 하나 사. 내가 사줄까?"

　결정되었다. 사지 않는 걸로. 일부러 시간 내서 헬스 할 필요가 없다. 1시간 동안 동네 한 바퀴 돌면 구경도 하면서 재미있는 헬스가 되는 것이다.

　"휠체어 마라톤이 좋겠어. 우선 동네를 휠체어로 돌면서 슬슬 준비해 볼까?"

　한동안 휠체어만으로 잘 다녔는데 그러다가 결국 사게 된 이유는 공원 꼭대기까지는 휠체어로만 갈 수 없어서 사게 되었다.

지니의 동메달은 금메달이야

한 달 후에 전국 체전이 열린다. 우리는 한 달을 일 년처럼 생각하며 연습하기로 했다. 병원에서 한동안 운동을 안 했기에 빨리 감각을 찾고 능숙하게 춤을 춰야 한다.

"기본기가 제일 중요해."

감독님은 3년 전에 했던 말을 다시 했다.

"휠체어의 회전력을 이용해서 하면 크게 힘 안 들이고 휠체어와 한 몸이 되어야 해."

지니에게는, 여러 번 들어서 알고 있는 기본적인 것을 더 연습하라고 했다. 지니는 이론을 알고 있지만 몸이 잘 안 된다고 하면서도 계속될 때까지 연습했다.

"턴 할 때는 그냥 돌면 어지러우니까 헤드턴으로 해."

감독님이 나에게는 이런 말로 독려했다. 머리를 몸과 함께 돌아가게 하지 말고 따로 먼저 빠르게 돌리라는 말이다.

팔 근력을 기르기 위해서는 헬스를 하루에 1~2시간씩 했고 유연성을 위해서는 윗몸 일으키기를 꾸준히 하여 20개씩 할 수 있게 되었다.

그다음은 의상에 관한 이야기다. 처음부터 지니의 의상에 나는 불만이 있었다. 댄스는 춤도 중요하지만, 의상도 중요하다는 것을 몇 년간 해보니 알겠다.

드레스를 구입하는 비용이 보통 300만 원씩 하기에 사기는 힘들고 빌리는 것으로 대신해야 하는 것이다. 나는 30만 원을 보태어 지니의 드레스를 빌리는 데 썼다. 지니에게는 지원비가 나왔다고 거짓말을 했다.

머리 장식과 팔찌 등도 중요한데 메달권에 드는 선수들은 공주처럼 화려하게 갖추었다. 거기에 비하면 지니는 잿더미를 뒤집어쓴 신데렐라처럼 초라할 지경이었다.

내가 머리 장식을 사준다고 해도 지니는 싫다고 하며 그동안 그냥 아무 장식 없이 초라하게 대회에 출전하곤 했다.

휠체어 선수는 많은데 스탠드 선수가 부족하여 스탠드 선수 구하기가 힘들다. 그래서 그 고마움의 표시로 장애인들이 파트너의 의상이나 장식을 해주는 경우가 있는데 나는 그런 의미보다는 정말 해주고 싶어서 해준 것이었다.

지니는 평소에 하던 화려한 목걸이 장식을 하지 않고 열쇠 목걸이 하나만 달랑 차고 시합에 출전했다. 나는 어울리지 않는 목걸이를 바꾸라고 여러 번 말했지만, 짜증을 내며 고집을 부려 어쩔 수 없었다.

"오빠 목걸이를 하면 기운이 나."

그렇게 말하는 앞에서 다른 말을 할 수 없었다.

그 해의 지니와 함께한 전국 체전 기록은 동메달이었다. 한동안 꼴찌를 벗어나지 못했는데 동메달을 딴 것은 놀라운 일이다. 이럴 때는 기적이라는 말을 써도 된다. 안되는 것을 되게 했으니 기적이다.

모든 사람이 축하해 주며 기뻐했다. 하지만 그것은 중요한 것이 아니다. 엄청난 노력의 결과를 확인한 것이 중요하고 '음치'는 있어도 '몸치'는 없다는 것을 알게 해주었다.

그리고 사랑하는 마음으로 하니 춤이 잘 추어졌다.

사람들은, 대단하다고 했다. 하지만 나는 솔직하게 말하면 지니가 의상을 바꾼 것도 무시 못 할 정도로 큰 영향을 끼쳤다고 생각했다.

지니는 메달을 걸고 기념사진을 찍은 후 말했다.

"우리가 왜 동메달 딴 줄 알아?"

"왜?"

"몽도 웃는 얼굴 때문이야. 웃는 모습이 너무 예뻐. 많이 변했어. 이 미소에 매달 안주면 죄악이지."

멀리서 디카프리오가 웃으며 박수 치는 모습이 보였다. 녀석은 한약 달일 때 넣는 감초인가? 매번 끼어드네.

루비와 함께 춘 룸바는 은메달이었다. 룸바도 나는 루비를 사랑하는 마음으로 추었다. 이런 말을 하면 바람둥이라며 '이런 크레이지(crazy)한 놈이 있나!' 할지 모르지만 진정 사랑하는 마음을 담아 표현하려고 노력했다.

그러나 춤이 끝나면 그 사랑도 끝났다. 루비에게는 그게 가능했다. 그러나 지니에게만은 춤이 끝나도 사랑이 끝나지 않았다.

라라랜드 프리댄스

전국 체전이 끝나고 퇴원 기념으로 지니와 여행을 다녀오기로 했다. 먼 여행이 아니고 근교 유원지다. 루비와 노랑머리 오토바이 운전자도 같이 가자고 제안했으나 루비는 싫다고 했다.

여행을 다녀온다고 하자 엄마는 걱정스럽게 말했다.

"사고 나면 어떡해?"

"사고는 언제든 일어날 수 있어. 몸의 사고든 마음의 사고든. 사랑도 교통사고처럼 온다고 하잖아. 진짜 당해보니 사랑과 교통사고는 똑같아. 교통사고는 혼자 괴로워하고 대상이 없지만 사랑은 사람과 같이하기에 한 사람과 감정을 교감해야 하고 당장 병원에 입원해야 하지만 사랑은 입원하지 않고 희열도 느낄 수 있어."

"우리 아들 철학자가 다 됐네."

"사고의 두려움 때문에 망설인다면 썩어버려."

"댄스스포츠가 사람 살렸네."

"사실은 처음부터 죽을 생각이 없었거든."

"그래 믿어줄게, 호호호."

올해 품평회 끝나고 뒤풀이 때 지니에게 물었다.

"우리 언제 프리댄스 연습할까?"

"겨울에도 연습 가능하다니까 이번 겨울 내내 할까?"

"내년부터는 프리스타일도 정식 종목으로 들어간대."

"정말? 그럼 지금부터 연습 많이 해야겠어."

"타이타닉 할까?"

나는 예전에 하려고 했던 타이타닉을 다시 물어보았다.

"싫어."

"타이타닉은 불후의 명작인데 예전에 나는 루비하고 한 번 해봤구…."

"그래서 싫어."

"그래서?"

"한 번 했던 중고는 싫어. 새 걸로 해."

춤을 물건으로 표현하다니. 아하, 왜 싫은지 알겠다. 루비하고 했던 거라서 싫은 거였다. 지니는 핵심적인 것을 직접적으로 말을 안 한다. 돌려서 생각하도록 말한다.

"미 비포 유(me before you) 할까? 거기도 휠체어 나오니까."

이번에는 지니가 물어봤고 나는 평소 내 생각을 말했다.

"난 싫어. 개연성이 없어. 존엄사라고 하면서 장애인이 자살하는 것은 납득도 안 가고 현실성이 없어. 장애인들이 얼마나 삶의 의지가 강한지 알어? 루이자를 사랑하지만, 자기 삶을 포기하고 죽을 권리 이따위 말이나 하는 놈은 이기주의자야. 작가가 그냥 판타지처럼 만든 거야."

"그럼 어떤 거 하고 싶어?"

"라라랜드."

"그럼 그걸로 해. 춤추는 장면 많이 나오니 그게 좋겠어."

"오프닝이 중요한데 차 문을 열고 나오는 장면과 차 위에 올라가서 춤추는 장면을 잘 변형시키자."

내가 말하자 지니는 아이디어를 보탰다.

"언덕에서 춤추는 장면을 잘 짜면 좋은 장면 많이 나올 거야."

"그런데 이 영화 보면서 너의 열정이 뭔지 궁금해졌어. 영화에서 서로의 열정에 끌린다는데…."

나는 궁금해서 지니에게 물어보았다.

"내 열정? 난 가르치는 사람이 될 거야."

"아 그래? 느껴졌어. 잘할 거야. 가르치는 거 좋아하는 거 같아."

지니가 자꾸 나에게 가르치려 했던 기억이 떠올라 말했다.

"넌 꿈이 뭐니?"

지니가 꿈에 대해 나에게 물었다.

"난 꿈이 많아. 하지만 지금은 계속 춤추고 싶어. 예전에 직업을 쭉 적어 본 적이 있는데 그때는 서, 자로 끝나는 직업이 있는 줄 몰랐는데 댄서라는 직업을 추가해야겠어."

"넌 각자 꿈을 이루는 것이 중요하다고 생각해? 사랑을 이루는 것이 중요하다고 생각해?"

지니는 라라랜드 영화 결말에서 주인공들이 각자 꿈을 위해 헤어진 것에 관해 물어보는 것 같았다.

"난 사랑이 더 중요해."

나는 생각하지 않고 바로 대답했다.

"왜?"

"그게 더 행복을 줘."

"조금 의외다. 꿈을 이루는 게 중요하다고 말할 줄 알았는데."

"사랑하면 꿈이 이뤄져. 사랑하면 춤이 잘 춰지고 그러면 계속 출 수 있잖아. 사랑하면 행복해져서 하는 일이 즐거워."

"그렇구나."

"그리고 라라랜드 결말이 마음에 안 들어. 그렇게 사랑했으면서 왜 헤어진 거야? 우리는 결말을 조금 바꿔서 하자."

나는 내 생각을 말했다.

"왜? 아무리 그래도 결말은 그대로 해야지."

"음악도 편곡할 수 있는 거고 드라마도 리메이크할 때 재해석할 수 있잖아."

"그럼 난 이거 할 수 없어."

지니는 단호하게 말했다.

"왜 그래? 그런 거 가지고."

"아무리 그래도 있는 거 그대로 해야지."

한참 동안 우리는 아무 말이 없었다. 서로 고민하고 더 좋은 방법을 찾는 중이었다.

"그럼 결말은 빼고 하자."

나는 더 좋은 방법을 생각해 보았으나 아무리 생각해도 아이디어가 떠오르지 않았다. 결국 일단은 결말은 빼고 연습하기 시작했다.

한국의 라라 공원

"서울에 영화 라라랜드에 나왔던 언덕 같은 곳이 있어."

"어디?"

"낙산 공원."

"동대문 근처인데 보문동에서 올라가는 방법이 있고 창신동에서 올라가는 방법이 있어."

"어떻게 그렇게 잘 알아?"

"사실은 우리 엄마 고향이야. 예전에는 1980년대에는 시민아파트가 있었다고 하는데 요즘 가보면 전혀 상상이 되지 않아."

"옛날이야기는 정말 다른 나라 이야기 같아."

"그래. 맞아. 낙산 공원 가려면 어느 쪽에서 가든 동망봉에서 만나고 언덕길을 구불구불 가다 보면 명신초등학교가 나오고 더 가면 낙산삼거리가 나오고 조금 올라가면 낙산 공원이야."

나는 지니와 낙산 공원에 올라서 보니 서울의 중심지가 잘 보였다. 남쪽으로는 남산도 아주 잘 보이고 북쪽으로는 북한산이 보이고 바로 아래는 한성대가 내려다보였다.

남산타워가 보이는 곳에 가서 우리는 라라랜드에 나오는 춤을 그대로 따라서 해보았다.

춤을 마치고 지니는 휠체어 옆에 낮은 바위에 앉았다. 지니와

수평으로 나란히 앉고 싶은데 그런 자리가 없어 이제는 지니가 더 낮아졌다. 이번에는 지니가 나를 우러러보는 형국이 되었다.

"여기 정말 좋지?"

말하면서 내 침이 튀어도 지니는 고개를 돌리지 않고 서로 마주 보며 이야기했다.

"그냥 있는 것보다 좋다, 라는 말을 하며 느끼니 더욱 좋아."

잠시 바람이 지나면서 꽃향기가 났다. 꽃이 없는데 어디서 나는 거지, 생각하며 지니를 바라보니 지니를 스치고 지나간 바람이 지니의 얼굴을 거쳐 와 꽃향기가 난 것이었다.

지니의 얼굴이나 머리에 꽃향기 나는 화장품이나 샴푸를 쓴 것이다. 그 향기를 맡으니 문득 떠오르는 것이 있다.

"라라랜드 결말이 생각났어."

"어떻게?"

"각자 다른 곳으로 나가지 말고 사랑의 결실을 보여주지도 말고 관객이 상상할 수 있도록 나란히 나가는 거야. 단지 손은 잡지 말고."

"조금 허전한데..."

"그럼 어떻게 할까?"

"일단은 그대로 하고 덧붙이는 거야. 헤어졌다가 꿈을 이룬 후 다시 만나 사랑하는 걸로."

"어렵네. 나는 사랑하면서 동시에 꿈을 이루는 게 좋은데…"

일반인 댄스파티에 휠체어

지니의 친구가 크리스마스이브에 댄스파티가 열리는 곳에 참가하자고 했다고 한다.

"같이 갈래?"

"좋아."

나는 새로운 경험이 될 것 같아 큰 소리로 좋다고 했다. 휠체어가 많은 곳에서는 댄스를 해 봤는데 휠체어는 나밖에 없는 곳이다. 어떤 일이 벌어질까 기대가 컸다.

그러나 처음부터 난관에 부딪혔다. 파티장 건물에 경사로가 없고 계단으로 이루어진 2층에 있었다. 엘리베이터가 없어 걸어 올라가야 했다.

지니는 나를 업고 계단 10개를 딛고 2층으로 올랐다. 여자가 자기 몸무게 정도의 남자를 업지 못할 거라는 고정관념이 깨졌다.

휠체어까지 혼자 올리려 했지만 어떤 키 큰 사람이 재빨리 휠체어를 낚아채며 들고 올라갔다. 뒷모습을 보니 건장해 보였고 스포츠맨 같아 보였다. 누구길래 마치 기다렸다는 듯 이렇게 내 휠체어를 집어 들고 올라간 것일까. 다시 쳐다보니 디카프리오였다. 그림자 같은 녀석.

그곳에서 나는 유일한 휠체어이기에 시선이 집중되었지만 대부분 호의적인 표정이었고 그들도 새로운 체험이라 신기해하면서도 환영하는 표정이었다.

대부분 댄스파트너와 같이 참여한 것 같았고 미리 준비된 프로그램과 순서에 의해 한 명씩 나와서 춤을 추었다. 빙 둘러싼 테이블에서 칵테일과 다과를 즐기며 모두 여유 있게 구경했다.

우리도 미리 준비해 간 프리댄스 라라랜드를 보여주었다. 여기서 우리란 잘 알겠지만, 지니와 나를 말하는 것이다. 핀 조명으로 우리를 집중적으로 비추었고 붉은빛에서 파란빛 등 안무에 맞춰 칼라가 바뀌었다.

오프닝 군중 신은 표현이 어려워 생략하고 영화 속 언덕 위에서 춤추는 장면으로 안무를 짰다. 신발 신는 장면은 생략하고 둘이 같은 동작으로 경쾌하게 움직이는 장면부터 시작하였다.

두 팔을 벌리는 동작과 멀어졌다가 도는 동작, 그리고 다시 두 팔을 벌리는 장면으로 이어지다가 전화벨 소리가 울리고 전화를 받고 자동차 리모컨 소리까지 넣어 연출하였다.

은하수 위에서 춤추는 장면은 조명으로 미리 부탁하여 환상적으로 처리했다.

3분 정도의 춤이 끝나자 모두 기립 박수를 쳐 주었다. 이들도 처음 휠체어댄스를 본 것 같았고 감명을 받은 것 같았다. 아까 휠체어를 올렸던 디카프리오가 제일 앞에서 제일 격정적으로 박수를 치고 있었다.

자세히 보니 지니를 향해 타오르는 눈빛을 보내고 있었다. 그 옆에는 파트너가 바뀌어 있었다. 전에 향단이였다면 이번에는 심청이 같은 여자가 서 있었다.

나는 지니와 춤을 다 끝내고, 깊은 포옹을 하며 뜨겁고 영혼이 떨리는 느낌을 맛보았다.

이어서 다 같이 나와서 같이 춤을 추는 시간이었다. 서로 몸이 조금씩 부딪힐 정도로 사람들이 밀집되었다. 나도 지니와 춤을 추었는데 옆 사람이 휠체어에 다칠까 조심스럽게 움직였다.

어떤 여자가 다가오더니 한 번 같이 춰봐도 되냐고 나에게 물었다. 나는 기본 홀딩 동작을 가르쳐 주고 기본 동작을 해보았다. 그 여자가 다 추고 가고 나니 다시 다른 여자가 와서 춤추는 방법을 물었고 또 기본 동작을 가르쳐 주고 춤을 추었다.

그렇게 나는 많은 여자에게 휠체어댄스를 가르쳐 주느라 파티의 시간을 다 보냈다.

아차, 하고 정신을 차리고 지니는 어디 있나 찾아보았는데 보이지 않았다. 한참을 둘러보니 저 구석에서 지니와 디카프리오가 마주 보고 대화하는 장면이 보였다. 나는 급하게 그쪽으로 다가갔다.

"지니, 미안해. 여자들이 가르쳐 달라는데 거절할 수 없었어."

"괜찮아. 난 태오와 놀고 있었어. 저번에 몇 번 봤지?"

디카프리오 녀석 이름이 태오였구나. 태오면 반 고흐 동생 이름과 같고 성이 마 씨면 성경에 나오는 마테오인데.

"난 많이 봤지. 지니 보디가드인줄."

나는 가볍게 아무렇지 않다는 듯 말했다.

"왜 삐졌어?"

"안 삐졌어."

나는 디카프리오에게 물어보았다.

"혹시 성이 마 씨예요?"

"네. 맞아요. 어떻게 알았어요?"

"그냥 그 이름이 떠올랐어요."

"모태신앙이라 부모님이 그렇게 지어주었어요."

"난 모태 솔로예요."

본명을 알았지만 나는 그냥 디카프리오라고 부르고 싶다.

"둘이 어떤 관계에요?"

나는 예전에 디카프리오가 나에게 물었던 질문을 똑같이 하여 직구를 던져보았다.

"썸타는 관계에요."

디카프리오는 망설임 없이 바로 대답했다. 녀석 제법 저돌적이네. 지니는 아무런 반응이 없었다.

나는 바로 쐐기를 박아야 한다고 생각했다.

"우리는 이미 사귀는 관계예요."

그러니까 꺼져. 이 말이 생략되었다는 것은 국어를 100점 맞지 않아도 잘 알 것이다. 지니는 나를 노려보는 것 같았으나 별다른 말이나 표정이 없었다. 너희 둘이 잘 싸워봐라, 누가 이기나 보자 하는 표정 같았다.

"그건 혼자만의 생각인가요, 아니면…"

디카프리오가 질투심을 느낀 것처럼 물었다.

"지니도 아마 그렇게 생각할 거예요."

나와 디카프리오는 동시에 지니를 쳐다보았다. 대답을 강요하는 무언의 압력을 느꼈는지 지니는 그만 그 자리를 벗어나 등을 보이고 사라졌다.

나는 디카프리오에게 화를 내었다.

"왜 그런 질문을 해서 난처하게 만들죠? 당신이 얼마나 대단한 사람이길래."

"어떤 질문이요?"

"기분 나쁜 질문이요."

"뭐가 기분 나빠요? 나는 단지 휠체어댄스에 관심 있어요."

"지니에게는 관심 갖지 마세요."

"그게 기분 나쁘네요. 왜 내 감정을 통제하려고 해요?"

"통제가 아니라. 부탁이에요."

"그럼 나도 부탁 하나 할게요."

"무슨 부탁이요?"

"지니를 힘들게 하지 말아요."

"지니가 힘들다고 말한 적 없어요. 왜 단정 지어요?"

"지니는 사람 앞에서 힘들다고 말하지 않아요."

"그렇다고 남에게 그런 말도 하지 않아요. 그냥 본인 생각 아니예요?"

"나는 휠체어보다 느리지만 깊게 볼 수 있어요."

"휠체어 타보기나 해 봤어요?"

이 말을 하는 나는 디카프리오의 허리쯤에 얼굴이 있고 고개를 한없이 들고 있어야 해서 기분이 나빠 대답을 듣지 않고 지니를 찾으러 그곳을 떠났다.

엄마도 댄스를

엄마가 집에 들어오지 않는다. 매주 수요일만 되면 12시가 다 되어도 집에 들어오지 않는다. 얼마나 깊이 빠졌길래 12시가 되어도 들어오지 않아.

"소화가 너무 잘된다. 몸무게가 5킬로나 빠졌어."

3개월째 다니고 있는데 살 빠졌다고 좋아한다.

처음 동네 댄스스포츠 학원에 등록하고 갔다 온 날은 신기하고 스텝이 어렵다고 했는데 지금은 활기찬 목소리로 신나서 말한다.

"댄스가 이런 세계인 줄 몰랐다. 콜럼버스가 신대륙을 발견한 것 같다. 야! 코페르니쿠스적 전환이야. 뉴튼적 기쁨이고 마르크스적 혁명이고 프로이트적 도발이야."

"오늘은 뭐 배웠어?"

"모르겠어. 라겐 차차 그러는데 스텝 맞추느라 정신없었어."

"그건 차차차야. 처음엔 스텝이 어려울 텐데."

"그래. 그러면서도 재미있어."

"진짜 엄마랑 한 번 춰 봐야겠네."

"오랜만에 남자 손 잡아보니까 엔돌핀이 솟아나는 것 같애."

"엄마도 여자네."

"그럼 여자지 남자니? 말을 해도 이상하게 하네."

"오늘 무슨 일 있었는지 아니? 거기서 옛날 제자를 만났지 뭐니?"

"언제적 제자인데?"

"5년 전 제자지."

"그럼 나이 차이가 얼마 나는 거야?"

"나이가 뭐 그렇게 중요하니?"

"춤만 췄어?"

"춤만 췄지 그럼 또 뭘해. 얘가 지금 범인 조사하는 거니?"

"이름이 뭐야?"

"뭐가 걱정되서 그래? 걱정 마. 너 안 버려."

"춤 잘 춰?"

"그놈 멋진 놈이야. 배려가 좋아. 오랜만에 가슴 떨리는 것을 찾았어."

"혹시 그 사람 저번에 왔던 그 사람 아냐?"

"응, 맞아."

"그 사람 결혼했잖아."

"곧 이혼할 예정이래."

"막장이네."

"막장과 예술의 차이가 뭔지 아니?"

"몰라."

"막장은 더 갈 데가 없지만, 예술은 더 갈 데가 있다는 거야."

"잘해 봐. 엄마 가슴 아직 탱탱하니까, 좋은 남자 만날 거야."

"어머, 이놈이 별 얘기를 다 하네."

사고 나는 것은 바퀴가 있다

이 이야기를 어떻게 설명해야 할까? 누구든 예비장애인이라고 하면 너무 겁주는 것 같고 그럴 줄 알았다고 하면 루비를 탓하는 것 같아 적절치 않았다.

'사고는 한순간이다, 오늘 무슨 일이 일어날지 아무도 모른다, 그러니 최선을 다하자'.

이런 상투적인 말은 지겹다.

'개연성 없는 우연이 인생이다.'

이런 말도 억지로 꾸며낸 말 같아 어색하다. 그냥 그런 일이 일어난 것이다. 루비는 그런 일이 일어날 확률이 높은 행동을 한 것이다.

루비가 중환자실에 있다는 소식이 들려왔을 때 깜짝 놀랄 정도로 충격적이지는 않았다. 설마, 하는 마음이 실제로 이루어졌다고 하는 것이 더 맞다.

오토바이를 타고 가다 사고가 났고 운전하던 노랑머리는 죽었고 루비는 다행히 살아남은 것이다. 어떻게 하면 이런 일이 일어날 수 있는지 의아함만 들었다. 이런 일이란 내 주위에서 당해보지 않은 일이 일어난 것을 말한다.

그러나 다시 생각해 보면, 등산 다니는 사람은 안 가는 사람보다 사고 날 확률이 높은 것이고 바다에 가는 사람은 안 가는 사람보다 물에 빠질 확률이 높은 것이다. 그렇게 생각해 보려 했지만, 머리로는 되는데 가슴으로는 되지 않는다.

항상 오토바이를 타고 다녀 조마조마했는데 일이 터진 것이다. 두 다리로 멀쩡하게 살다가 어느 날 갑자기 장애인이 되는 것은 당사자에게도 충격이지만 주변 사람도 믿을 수 없는 일인 것이다.

중환자실에서 면회할 수 있다고 하여 처음 보았을 때 루비는 로봇처럼 얼굴에 쇠막대로 지지대를 만들어 달고 있었다.

사흘 만에 루비는 깨어났다고 했고 전신이 움직이지 않는 큰 부상을 당했다. 언제까지 중환자실에 있어야 하는지 모른다. 내 사고 당시의 일들이 생각나 안타깝고 슬픈 생각이 몰려들었다.

루비는 나를 처음 보자 남자 친구 이름을 부르며 환호를 질렀다.

"로빈, 살아있었구나, 살아 있었어? 왜 이제 왔어?"

나를 죽은 남자 친구로 착각한 것 같았다.

"나 몽도야."

"거짓말하지 마. 몽도는 아직 안 왔어."

루비가 조금 이상해진 것 같아 안타까웠다. 나는 로빈이 아니기에 끝까지 아니라고 했다.

"로빈은 여기 없어."

나는 남자 친구처럼 연기할 수도 있었으나 끝까지 연기하지 않았다. 루비의 마음에서 남자 친구를 완전히 떠나버리게 해야지, 살아있다고 생각하다가 나중에 거짓으로 밝혀진다면 더 충격을 받을 것이기 때문이다.

루비는 슬픔과 분노의 표정이었고 뭐라고 하는 것 같은데 소리가 나오지 않아서 들을 수 없었다. 입 모양을 보니 지금 꿈이야? 이런 말을 하는 것 같았다.

신체적 장애보다 정신적 충격이 더 크다는 것을 알기에 나는 슬픈 표정을 짓지 않았다. 내 얼굴은 루비의 모습을 비추는 거울이다. 내 얼굴 표정을 보고 자기의 상태를 판단하기에 나는 항상 웃는 얼굴로 대했다. 그러자 루비도 슬픈 얼굴을 하지 않았다.

그러나 내가 병문안 갈 때마다 루비의 얼굴은 항상 우울한 표정이었다. 그래서 나는 일부러 미소를 지으며 웃는 얼굴을 보여주려고 했다. 그러자 루비는 소리치며 울부짖었다.

"꺼져. 오지 마!"

"아니 왜 그래?"

"난 이렇게 아파 누워있는데 고소하다고 날 비웃는 거지?"

"아니야. 심각한 표정 지으면 더 우울해지니까 웃으면 좋잖아?"

아~~~~~

루비는 소리를 질렀다.

"로빈, 아 다 싫어. 꺼져. 내 앞에서 사라져."

그렇게 소리 지르면 나는 일단 자리를 피하고 다시 조용해지면 다시 가까이 갔다.

2주 후 병실에 갔더니 루비가 보이지 않고 다른 사람이 그

자리에 있었다. 어디로 갔는지 간호사에게 물어보니 정신과 병원으로 옮겼다 한다.

다 죽여버리겠다고 하고 빨리 연극을 끝내라고 망상적인 이야기를 하기에 정신과로 옮겼다고 한다.

루비의 자세한 사고 이야기는 직접 들을 수 없었다. 우리는 인생에서 대부분 중요한 이야기는 소문으로 듣는다.

루비는 깨어나자마자 오토바이 운전했던 노랑머리는 어떻게 되었냐고 물었다고 한다. 물론 노랑머리, 라고 하지 않고 이름을 불렀겠지. 처음에는 살았다고 말했다고 한다. 죽었다고 하면 심리적 충격 때문에 몸 상태가 더 나빠질 수 있기 때문이다.

일반 병실에 나와서도 계속 묻자 결국은 말할 수밖에 없어서 사실대로 죽었다고 했지만, 거짓말하지 말라며 몇 시간이나 엉엉 울었다고 한다.

루비의 가족들에게서 루비에 관해 이야기를 들을 수 있었다. 루비도, 사고를 당하고 장애를 겪는 사람이면 누구나 나타난다는 거칠게 거부하고 폭력적인 모습이 보였다 한다. 몸에 꽂혀있던 링거 바늘을 마구 뽑아 온몸이 피투성이가 된 적도 있었고 식판을 집어던져 바닥에 온통 음식물로 뒤덮인 적도 있었다고 한다.

한 달 후에 정신과 병동에서 나와 조금 좋아졌다고 하여 다시 찾아갔다.

루비의 표정은 여전히 피카소의 '우는 여인'처럼 슬픈 표정이었다. 아마도 앞에 왔던 사람이나 가족들이 루비보다 더 슬프게 울었을 것이다. 루비는 그 감정이 전염되어 슬픈 상황도 아닌데 슬퍼진 것이다. 왜 본인은 괜찮은데 다른 사람들이 슬퍼하며 위로하는 것일까?

휠체어에 탄 나를 보더니 이제야 휠체어를 발견한 듯 말했다.

"로빈, 너도 다쳤구나. 그래도 죽지 않아서 다행이다."

이렇게 된 이상 나는 아니라고 우겨봐야 입만 아플 것 같아 로빈이 된 듯 말했다.

"그래 다행이야. 살아서 다행이야."

예전에 엄마가 자주 했던 다행이다, 라는 말을 내가 또 할 줄은 예상하지 못했다.

"아직 실감이 안 나. 나 좀 안아 줘 로빈."

나는 루비에게 다가가 루비를 따뜻하게 안아 주었다.

"내가 왜 여기 누워있는 거야? 내 몸인데 왜 왜 마음대로 못해? 이거 가짜지? 지금 꿈 아냐?"

"재활하면 좋아질 거야."

"이대로는 못 살아. 차라리 나를 죽여줘."

"나는 그런 일을 두 번 당했어."

"그런 말 하지 마. 너는 너고 나는 나야."

"조금만 힘내 봐."

너무 상투적이라서 위로는커녕 화가 나는 말이 왜 나왔지? 나도 모르겠다. 어떤 말을 해야 할지 모르기에 아무 말이나 해야한다는 강박관념 때문에 나도 모르게 한 것 같았다.

엄마라면 이 순간에 어떤 말을 했을까?

"지금 이 아픔이 나중에 살아가는 힘이 될 거야."

이런 얘기를 하지 않았을까? 나에게도 비슷한 얘기를 많이 했으니까. 크게 공감은 가지 않았으나 자주 들으니 그럴 것 같은 생각이 들었다.

루비에게도 이 말을 여러 번 해서 희망을 주입하는 거야. 주입식 교육이 나쁘다고 하지만 희망이나 의지를 주입하는 것은 좋은 일이다. 희망이 고문이 되지 않으려면 말만 하지 말고 다른 방법으로도 해야 한다.

"오줌도 내 마음대로 못 싸고 똥도 내 마음대로 못 싸고 이게 사람이야? 그냥 식물인간, 산 송장이야. 소변줄로 오줌 눠 봤어?"

루비가 나에게 협박하듯이 퉁명스럽게 물었다.

"응, 난 지금 그렇게 계속 오줌 눠."

루비는 자기의 고통을 전달하려고 하다가 예상과 다른 답을 들으니 당황했는지 임기응변으로 답했다.

"아 그래? 그럼 계속 그렇게 눠."

"뭐? 막말하는 거야?"

나는 말은 그렇게 했지만 웃으며 넘겼고 농담으로 받아들이고 크게 기분 나빠하는 내색은 하지 않았다. 실제로도 기분 나쁘지 않았다.

"내가 일어나면 다른 사람들에게 뭐가 좋아? 상관없는 일이잖아."

루비는 더 이상 말할 기운도 없다는 듯 사그라드는 목소리로 말했다.

"함께 살아야지, 혼자 살면 뭐 해?"

어느새 나도 나답지 않게 엄마가 늘 하던 말을 하고 있었다.

"너도 너를 위해서 재활하지 말고 나를 위해서 해 줘. 같이 춤춰야지."

내가 가고 나서 루비는 자살소동이 몇 번 있었다고 한다. 내 말 때문에 자살 시도를 한 것은 아니라는 것은 안다. 죽으려고 모아둔 약을 한 움큼 먹었지만 죽지 않고 사흘 동안 잠만 자다 깨어났다고 한다. 나랑 똑같네.

그 후로도 면도칼로 손목을 그었지만, 힘이 약했는지, 아니면 진짜 죽는 것이 두려웠는지 역시 죽지 않고 피만 나고 손만 아팠다는 이야기를 들었다.

죽으려고 하는 루비를 옆에서 보니 몇 년 전 나의 모습이 떠올랐다.

나는 노트를 꺼내 어떻게, 무엇 때문에 죽어야 위대한 죽음인 가 적어 보았다.

사랑하는 사람을 살리고 나는 죽는다.
독립운동가처럼 자유를 억압하는 것을 처단하고 죽는다
사회악을 폭파하고 나도 같이 폭파한다.
수많은 사람을 살리고 나는 죽는다.
이처럼 숭고한 죽음을 위해 살려면 어떻게 살아야 할까?

나는 그 노트를 루비에게 주고 그 후 일주일에 한 번씩 병문안을 갔는데 루비는 달라져 있었다.

마음도 편안해 보였고 처음에는 팔만 움직이더니 두 번째 갔을 때는 가볍게 일어나 침대에서 내려오고 그다음에는 상체는 아주 자유롭게 움직였다.

내가 재활했던 경험담을 이야기해 주었다.

"내가 선배니까 내 말 잘 들어."

"춤은 언제 춰 봤어?"

로빈은 춤춰본 아이가 아니기에 물어보는 것이다.

"너 몰래 혼자 배웠지."

나는 정말 로빈이 된 듯 말했다.

"정말? 니 말 들으면 뭐 해줄 건데?"

예전에 내가 한 말을 모방하며 말하는 루비는 여전히 까칠하다. 나는 그런 점이 좋다. 부담 없이 같이 장난치듯 말하면 즐거운 시간이 된다. 이런 상태가 유지되면 재활에 성공할 것 같았다.

"로빈 넌 행복해 보여. 어떻게 그렇게 빨리 극복했니?"

난 몽도니까 행복하지. 하지만 그렇게 말하면 안 된다. 그냥 루비가 생각하는 역할만 해주면 되었다.

"나 극복 안 했어. 지금도 갈등하고 있어. 하지만 과거와 비교하지 않아. 지금 내가 할 수 있고 하고 싶은 거 하면 돼."

"너랑 농담 따먹기 하는 게 행복해."

"그래 자주 따먹자."

"하하하하하하."

그나마 루비는 휠체어댄스 하는 것을 옆에서 보았고 장애인과 직접 파트너로 해보기도 했기에 빠르게 회복할 수 있었다. 간접 체험을 했다는 뜻이다.

"넌 육체가 있으면 살고 없으면 죽는다고 생각하니?"

내가 루비에게 묻자 루비는 역시 시크하게 대답했다.

"사고 나더니 조금 변한 거 같다. 몽도와 비슷해졌어. 그렇게 어려운 건 몰라."

"나도 한때는 죽음을 많이 생각해 봤는데 삶과 죽음은 이유 없이 오지 않아."

"철학자 같은 소리 하네."

"몸은 죽었지만 살아 있는 방법이 있어."

"이유나 들어볼까. 도사님."

"그의 정신을 남기는 거야."

"어떻게?"

"그 사람이 가장 많이 했던 좋은 말을 기억하며 영원히 마음에 새기는 거야."

"그래?"

"그 노랑머리가 어떤 말을 많이 했어?"

"그 새끼는 죽어도 좋다고 했어. 어차피 자기가 하고 싶은 거 하고 죽었으니 잘 됐어. 아, 근데 너 지금 살아있잖아."

"그럼 죽어도 좋아, 하는 마음으로 남은 시간을 사는 거야. 그럼 그 사람이 영원히 네 가슴에서 산다고 생각해."

"장난치지 마. 죽어도 좋긴 뭐가 좋아? 이렇게 내 앞에 살아 있는데…."

230   바퀴춤

"뭔가 비장미가 느껴지지? 죽어도 좋은 일을 하면 후회 없을 거야. 아마 그 노랑머리도 자기가 좋아하는 일을 하다 죽었으니 하늘에서 환하게 웃을 거야."

"그 말 들으니까…"

나는 뭔가 희망적인 말을 기대하고 내가 선한 영향을 끼쳤어, 라고 할 거라고 생각했다.

"엿 같아."

그러나 루비의 입에서 나온 말은 욕같이 들리는 찐득한 음식 단어였다. 루비는 감정의 폭이 엿이 늘어나는 길이만큼 큰 것 같았다.

"전에 타이타닉 안무 짜면서 영화 많이 봤지? 레오나르도 디카프리오가 여자를 위해 죽는 장면 있지. 난 그게 죽어도 좋아, 라는 느낌이야. 여자를 위해 죽었잖아. 가치 있는 죽음이지."

"넌 여자도 아닌데 어떻게 그렇게 느끼냐?"

"극장에서 여자들이 그 장면에서 다 울었다잖아."

"그래서 너도 죽으려고 했냐, 한 여자 때문에?"

나는 갑자기 내 얘기를 하는 것 같아 혼란스러웠다. 나를 로빈과 몽도 2명으로 겹쳐 생각하나? 아니면 로빈도 여자 때문에 죽으려고 한 것인가?

"내 얘기하지 말고 니 얘기나 해."

나는 말했다.

"인생이 참 엿 같다. 한 놈은 여친 살리고 장애인 되고 한 년은 남친과 함께 장애인 되고."

"그 노랑머리 참 좋은 놈 같아."

나는 예전에 잠깐 노랑머리와 스치듯 지나가며 나누었던 이야기를 들려주었다.

"휠체어에 앉아있는데 다가오더라. 그리고 나에게 이런 말을 했어."

나는 연습이 끝나고 먼저 나와서 잠시 쉬고 있는데 루비를 기다리던 노랑머리가 다가와 말했다.

"이 봐 친구. 앉아있는 모습이 멋있어 보여. 표정도 당당해 보이고. 장애인 같지 않아. 가짜 장애인이지? 하하"

"고마워. 친구도 멋있어."

"루비에게 잘해줘."

"루비는 그냥 친구인데 당신이 잘해줘야지."

"그래 나도 잘해 줄 테니 친구도 잘해줘."

노랑머리는 흔히 오토바이를 타면 불량청소년으로 생각하는 고정관념을 깨는 녀석이었다.

학교에 다니는지, 안 다니는지, 뭐 하는지는 모르겠지만 말투도 지적이며 차분했고 옷차림도 검은 가죽 재킷에 깨끗하게 입고 있었다. 전문적인 바이크 라이딩 취미를 즐기는 녀석 같았다.

"로빈 유령 같아. 왜 자기 얘기를 남 얘기처럼 해?"

루비는 울먹울먹하려고 했다. 나는 거기서 멈추어야 했다.

루비와 내가 티격태격하는 것과 반대로 지니는 루비에게 용기를 주었다.

"일어날 수 있을 거예요. 걸을 수 있을 거예요. 다시 춤춰야죠."

루비는 진심이 전달되었는지 고개를 *끄덕끄덕*했다. 그리고 핸드폰 녹음 기능을 켜더니 말했다.

"여기다 녹음할 테니 다시 한번 말해 줘."

지니는 약간 망설이다가 녹음기에 대고 또박또박 말했다.

"일어날 수 있을 거예요. 걸을 수 있을 거예요. 다시 춤춰야죠."

"이거 하루에도 수십 번 들어야지."

하며 루비는 이 녹음 파일을 저장했다.

이런 노력 덕분인지 루비는 아주 빨리 회복되었다. 의사는 이런 일은 처음 본다고 했다. 기적이라고 했다. 그러나 내가 생각할 때 기적은 아니다. 노력한 만큼 나타나는 것이다.

루비는 아침 식사를 마치고 저녁 먹을 때까지 계속 움직이며 보행기를 잡고 8시간을 걷는 연습을 했다. 그 연습하는 모습을 의사는 보지 않고 기적이라고 말하는 것이다.

루비는 상체는 자유롭게 움직였고, 잠깐이지만 일어서기도 했다.

"와 섰다 섰어. 루비가 섰어."

루비가 선 모습을 보여주었을 때 나는 너무 기뻐서 소리를 질렀다.

"이건 기적이야."

"기적이 아니지. 사람마다 다 다르고 회복 속도는 의지에 달렸어."

루비는 퇴원하고 나서도 계속 걷는 연습을 하여 몇 발짝 걸을 수도 있게 되었다. 상당히 빠른 재활이었다.

"휠체어댄스 같이 할까?"

이젠 이 말을 해도 될 단계가 된 것 같아 루비에게 말했다.

"싫어. 내가 왜 앉아서 해야 하는데. 난 서서 할 거야. 악~"

루비는 큰 소리로 울부짖으며 몸부림을 치고 머리를 쥐어뜯었다. 아직 시기가 안 된 것일까, 아니면 루비에게 휠체어댄스를 강요하는 것이 옳은 일인가, 이런 생각이 들었다.

일단 먼저 말을 꺼내지 말고 자연스럽게 스스로 하고 싶으면 하도록 유도하는 것이 필요하다고 생각했다.

"남들이 휠체어댄스로 장애를 극복했다고 해서 누구나 다 똑같이 적용할 수는 없을 거야."

"맞아."

"내가 TV에서 휠체어댄스 하는 것을 보고 호기심이 들었듯이 루비에게도 스스로 하고 싶을 때까지 기다리자."

그리고 한동안 루비에게 가지 않았다. 그러자 한 달 후에 루비에게서 먼저 연락이 와서 루비를 만났다.

지니와 같이 가서 보니 루비의 얼굴에 미소가 보였다. 미소가 넘쳐흐를 정도는 아니지만 기분 좋은 미소가 분명했다.

"기분 좋아졌네?"

"응."

"비결이라도 있어?"

매일 찾아와서 노래 불러주는 사람들이 있어.

"아, 그래?"

"그 사람들이 노래를 불러주고 용기를 주니 조금 좋아진 것 같아."

나는 속으로 회심의 미소를 지었다. 병원을 나오면서 지니와 나는 서로 마주 보며 크게 웃었다.

사실 자원봉사 아이디어를 생각한 것은 지니였다. 자기가 아는 봉사단체가 있는데 날마다 환자를 찾아가 노래와 희망 메시지를 전달하자고 했다.

나는 그거다, 라면서 루비에게 찾아가 노래를 불러달라고 봉사단체에게 의뢰했던 것이다.

"넌 세계 최초야."

"뭐가?"

"걸어 다닐 때는 휠체어 끌며 파트너랑 댄스하고 이젠 앉아서 휠체어댄스 하는 것은 세계에서 최초일 거야."

루비가 휠체어에 앉으니 비장애인이 휠체어에 앉아있는 것 같았다. 허리도 꼿꼿하고 날마다 운동해서 배도 나오지 않고 날렵했다. 혼자 휠체어도 타고 아주 좋은 상태가 되었다.

"의사는 나보고 손도 못 움직일 거래. 왜 의사들은 희망을 이야기하지 않지? 이럴 때는 거짓말이라도 희망을 얘기해야지."

루비는 예전에 나도 느꼈던 불만을 똑같이 터뜨렸다.

"그러게 말이야, 그런 거는 솔직하지 않아도 되는데…."

"부정적으로 이야기하면 더 능력 있는 의사라고 생각하는 걸까? 의사가 심리치료를 받아야 해."

"부정적으로 얘기했다가 잘 움직이면 창피하지 않을까?"

예전에 루비가 처음 가르쳐주었던 뉴욕을 연습했다.

"팔을 쭉 뻗고 손가락을 이렇게 벌리고…."

루비는 서서 할 때는 베테랑이지만 휠체어는 초보이다. 같은 춤이지만 새롭게 배워야 한다. 하지만 배웠던 기본 동작은 어디로 도망가지 않으니 잘할 것 같았다.

"휠체어댄스 듀오는 남녀 모두 휠체어로 추는 춤인데 각자 자기 휠체어를 움직이는 게 많고 가끔 손잡고 하지만 조화가 중요해."

작년에 이미 한 번 듀오 경험이 있던 나는 가르치는 입장이 되었다.

"새로운 세계 같아. 다시 춤출 수 있으니 다행이야."

루비는 적극적으로 댄스도 하고 집에서는 걷는 연습을 열심히 하여 이제는 소변줄로 소변을 받아내지 않아도 되었다.

나는 그 이야기를 들었을 때 솔직히 부러웠다. 아니 부러웠다는 표현은 순화된 표현이고 질투심을 느꼈다.

나는 아직도 소변줄로 소변을 보는데 어떻게 해서 루비는 스스로 소변을 보는가. 내가 노력을 덜 하지는 않았다. 나도 하루 8시간 정도 보행기를 잡고 걷는 연습을 하다 지쳐 쓰러져 하루를 끝낸 적이 한두 번이 아니다.

장애 상태가 다른 것이지 내가 게으른 것은 분명 아니다. 이렇게 생각하는 것이 미치지 않는 길이다.

루비는 듀오를 연습하다가 갑자기 자기에게 가까이 오라고 했다.

"왜 그래?"

"얼굴 좀 자세히 보게 가까이 오라니까?"

나는 왜? 왜? 하면서 경계하며 가까이 가자 루비는 내 머리를 잡고 자기 입을 내 입에 가까이 가져갔다.

"냄새 안 나지? 나 담배 끊었다."

"그 얘기 하려고? 난 또 뭐할려고 그러나 했지. 아무튼 대단하다. 담배 끊기 어렵다는데…."

루비는 그 어려운 담배를 끊었으니 무엇이든 다 할 수 있을 것 같았다. 그 순간, 루비는 정말 무엇이든 했다. 내 머리를 잡아당기더니 내 입술을 잡아먹었다. 아, 정말 성폭행으로 신고할까? 루비니까 참는다. 차마 당사자 앞에서 퉤 퉤 하며 침을 뱉지는 못하겠다. 그러면 또 욕하겠지.

덩어리라고 생각하자. 매력덩어리. 그렇게 생각하니 조금 향기가 나는 것 같기도.

"끝까지 포기 안 해."

루비는 무엇을 포기 안 하는지 목적어를 말하지는 않았다.

모두의 천사가 되려는 거야?

지니와 '썸 탄다'는 디카프리오에 대해 궁금해서 나는 지니에게
물었다.

"디카프리오와 썸탄다는 말이 사실이야?"

"나는 모르겠는데 자기가 그렇다니까 그런가 보지."

"지니는 싫으면 도망가는 성격인데 안 그런 거 보니 싫지는
않은가 보지?"

나는 지니의 속마음을 알고 싶어 돌직구를 던졌다.

"그런 거 묻지 마. 우리만 있을 때는 우리 얘기만 하자."

"이거 우리 얘기잖아."

"디카프리오는 좋은 친구야. 봉사도 많이 하고 착해."

"나는 조금 불안해."

"뭐가 불안해? 나는 여기 있는데."

"그렇게 생각해야지."

"이제 루비랑 너무 가깝게 지내지 마."

지니가 루비 이야기로 화제를 돌렸다.

"그럼 저번에 좋은 말해 주고 위로해 준 것은 왜 그랬어?"

"그냥 예의상 한 얘기야."

"뭐?"

"예의라는 게 있잖아."

"그게 너의 단점이야. 그런 거는 예의가 아냐. 거짓말이지."

나는 나도 모르게 조금 강하게 말하고 말았다. 그러나 지니는 차분하게 받았다.

"그래도 루비가 용기를 얻고 좋아졌잖아."

"그건 그렇지. 뭐가 뭔지 모르겠지만 진심으로 하면 좋았을 텐데."

"진심이 아니더라도 좋은 말을 해서 좋아지면 좋은 거 아냐?"

"나쁜 건 아니지."

"속으로는 좋아하는데 표현은 안 하고 괴롭히기만 하면 그건 좋아?"

지니가 물었다.

"그것도 안 좋지."

"싫지만 좋은 표정으로 하면 언젠가 좋아지겠지."

"그래서 지금은 안 괴로워? 억지로 연기하는 거."

나는 또 나도 모르게 공격하는 듯한 말을 하게 되었다.

"연기? 왜 그렇게 부정적으로 봐?"

"혹시 자주 머리 아프지 않아?"

"지금 뭐 알아보려고 그래?"

"순간적으로 폭발하듯 소리 지르고 싶지?"

"악~~~ 그래."

지니는 소리를 질렀다. 예전에 나에게 고함쳤던 것과 같았다.

"그러지 마."

나는 뭘 그러지 말라는 것인지 나도 모르면서 말했다.

"몰라. 나한테 그러지 마."

"그래? 그것마저 사랑할게."

"갑자기 뭔 소리야? 아무튼 루비랑 연습 시간은 1시간만 해."

루비에게는 질투를 느끼면서 나를 앞에 두고 다가오는 다른 남자는 막지 않는 것은 무엇이지?

이제 철학자이자 청소부이자 나의 신문고인 엄마에게 물어볼 필요가 없다. 내가 스스로 답을 할 수 있다.

"동물들도 질투하고 식물들도 질투하니 질투는 생명력의 원천이다."

지니에게 더 듣고 싶어 물어보았다.

"왜 요즘 무슨 일 있어? 나한테 짜증 내고?"

"사실은…."

이럴 때가 가장 속이 탄다. 어떤 충격적인 말이 나올까 물을 벌컥벌컥 마시고 싶다.

"네 일기장 봤어."

"뭐? 뭘 봤다는 거지?"

"죽기 아니면 휠체어 타기."

"뭐? 아니 왜 그걸? 도둑이야?"

"사고 난 거. 일부러 휠체어 타기 위해. 아니면 죽으려고 했다는 거. 휠체어만 타면 춤을 더 잘 출 수 있을 거라 생각했다면서?"

"아 그거? 그건 그냥 멋있어 보이려고 쓴 문학적 수사야?"

"거짓말하지 마."

"거짓말이든 아니든. 그래서 어쨌는데?"

"왜 그런 애기같은 짓을 해. 철없어."

"그냥 그렇게 하고 싶어서 했어."

며칠 후, 나는 지니의 질투를 조금 잠재울 필요가 있어서 제안했다.

"우리 월미도에 갔다 올까?"

"좋아."

그러나 막상 만나기로 한 날, 전철역 앞에서 아무리 기다려도 지니가 나타나지 않았다. 전화해도 받지 않았다. 무슨 일이 생겼나 오만가지 생각이 다 들었다.

나를 골탕 먹이려고 그런 건가, 무슨 사고라도 생겼나?

30분이 지나도 오지 않고 전화도 받지 않아 나는 그냥 집으로 가려고 했다. 30분이 긴 시간이냐고 할지 모르지만, 중증 장애가 있는 나에게는 아주 긴 시간이다. 더군다나 밖에서는 말이다. 나는 집에 가려는데 그제야 지니에게서 전화가 왔다. 자세한 것은 와서 말하겠다고 했다.

지니가 오자마자 나는 억지로 화를 참으며 부드럽게 말했다.

"왜 늦었어? 지금 12시잖아. 50분이나 기다렸어. 전화도 안 되고…."

"오다가 전철에서 휠체어 탄 사람이 도와달라고 해서…."

나는 잠시 어떤 말을 해야 할지 몰랐다. 화를 내야 할지, 말아야 할지 잘 몰랐다. 억지로 화를 누르며 부드럽게 말했다.

"여기 휠체어 탄 사람이 힘들게 기다리고 있잖아."

"휠체어를 지하철까지 올리는 리프트까지는 좋은데 계단이 너무 많아. 휠체어로 지하철을 타고 다니라는 얘기인지, 흉내만 낸 건지…. 진짜 급한 상황이라 그냥 올 수 없었어."

"그럼 전화라도 해야지."

"오늘은 왜 그렇게 도와줄 사람이 많은지... 전화하기도 힘들었어."

"따지고 보면 거리에도 도와줄 사람 많지."

"이래서 지하철을 안 타려고 하는데….."

"지니는 모두의 천사가 되려는 거야?"

나는 최대한 화를 누르면 평이하게 말하려 노력했다.

"천사라는 말은 내가 제일 싫어하는 말이라는 거 알잖아. 난 그냥 여자 지니야."

지니는 목소리가 격앙되어 있었다.

"지나가다가 도와줄 사람 다 도와주면 자기 일은 언제 해? 우리 서로만 바라보자."

"이기주의자!"

"끝까지 미안하다는 말은 안 해?"

지니는 소리가 조금 높아졌다.

"나도 힘들어. 어떻게 하라고?"

"결국 나를 좋아하는 게 아니고 장애인을 좋아하는 거네?"

결국은 이런 말까지 하게 되었다. 순간적으로 아차, 했지만 이미 입 밖으로 나온 것을 주워 담을 수 없었다.

지니는 버럭 소리 질렀다. 마치 다른 사람처럼 낯설었다.

"무슨 말을 그렇게 해?"

"밖에서 30분 기다리는 일이 나에게는 10시간 기다리는 일이야."

나는 등이 땀에 젖어있는 것을 지니에게 보여주었다.

지니는 대충 보더니 휙 돌아서 갔다. 내 예상과 정반대였다. 천사처럼 땀을 닦아주고 따뜻한 말을 기대했는데 전혀 다른 행동이었다.

나는 등을 보이며 걷는 지니를 소리높여 불렀다.

지니는 잠시 멈추더니 돌아볼까 말까 갈등하는 느낌이었다. 나는 계속 지니를 부르며 지니가 돌아보기를 간절히 원했다.

긴장되는 긴 시간이 흐르는 듯했다. 실제로는 10초였지만 1시간처럼 느껴졌다. 지니는 5미터쯤 가서 멈추더니 서서히 돌아보았다. 표정을 읽을 수 없는 먼 거리처럼 느껴졌다.

지니는 누군가에게 문자를 보내는 듯했다. 내 핸드폰의 문자 울리는 소리인 밥 말리의 no women no cry가 들려왔다.

〈우리... 한 달 동안 만나지 마.〉

그리고 지니는 바람과 함께 사라졌다.

그래 잠시 떨어져 있는 것도 방법이겠지. 우린 서로에게 소중해. 운명이라면 자석처럼 끌리겠지.

그러나 한 달도 되기 전에 지니에게서 문자가 왔다. 일주일만이었다. 그러나 나에게는 한 달 만에 온 것이다. 그 일주일은 나에게 한 달처럼 길게 느껴졌기 때문이다.

〈오늘 한 번 만나.〉

약속 장소에서 휠체어에 앉아 기다리는데 뒤통수가 간지러워 뒤돌아보니 멀리서 지니가 오고 있었다. 그 시간이 천년처럼 길었다.

나는 왠지 모르게 긴장한 얼굴을 풀어보려고 입 운동을 했다.

지니도 조금 경직된 표정으로 다가왔다. 가까이 다가선 우리 둘이 한동안 말이 없었다. 지니의 목에서 불안하게 흔들리는 투박한 열쇠 목걸이가 지니와 어울리지 않는다고 생각했다.

"왜 말이 없어?"

지니가 먼저 침묵을 깼다. 말이 없다는 상황 자체를 말을 해서 무슨 말을 해야 좋을지 모른다는 것을 표현하고 있었다.

"어떤 말을 해야 할지 모르겠어."

"왜?"

"실수할까 봐... 조심스러워."

"예전처럼 똑같이 해. 예전 모습이 좋아."

하지만 나는 정말 실수할까 봐 아무 말도 할 수 없고 어색해 이 말밖에 할 수 없었다.

"고마워."

"뭐가 고마워?"

"같이 춤춰 주어서! 나의 부족함을 채워주어서 고마워. 100번 해도 부족해."

"자꾸 고맙다고 말하지 마. 그냥 우리는 똑같아. 뭐가 고마워. 내가 누구를 위해 추는 것 같아? 나를 위해 추는 거야."

"미안해."

나는 또 왜 이런 말을 했을까. 말을 하고 바로 후회했다.

"뭐가 미안해?"

"화나게 해서 미안해."

"그런 말 들으러 온 거 아냐."

그때 지니가 벌떡 일어나며 단호하게 말했다.

"이만 갈게."

뒤돌아서는 지니 뒤통수에 대고 나는 소리 높여 말했다.

"잠깐만!"

지니는 돌아보지 않고 한 발짝 내디디며 말했다.

"오늘은 갈게. 또 연락할게."

이대로 가면 영영 보지 못할 거 같아 나는 소리높여 외쳤다.

"니 마음대로 왔다가 마음대로 가는 거야? 난 허수아비네. 바퀴 위에 올라앉은 허수아비"

그 말을 듣더니 지니가 뒤돌아서 바라보았다. 잠시 생각하더니 다시 앞으로 걸어가려 했다.

나는 지니를 잡으려다가 휠체어가 넘어지며 땅에 쓰러졌다.

쿵 소리가 들리자 지니는 한 번 나를 쳐다보았다. 잠시 갈등하며 망설이더니 그것뿐이었다. 지니는 고개를 바로 돌리고 그대로 뛰어갔다.

땅에 쓰러진 나는 저절로 애처로운 눈빛으로 변했다. 손을 뻗으며 지니를 갈구하는 눈으로 쳐다보았다. 누가 그 모습을 보았다면 애처롭고 슬프다고 했을 것 같다.

다섯 발짝을 뛰어가다가 돌아서서 내 눈빛을 보고 지니는 손을 머리에 짚고 잠시 고민하더니 다시 돌아서서 치맛자락을 날리며 뛰어갔다.

그 순간, 나는 땅에서 반짝이는 것을 보았다. 지니가 떨어뜨리고 간 목걸이였다. 나는 떨어진 목걸이를 주웠다. 내 손바닥에서 지니의 목걸이가 반짝였다.

나는 외쳤다.

"목걸이!"

저쪽 끝에 계단으로 지니는 뛰어 내려가려다 그 소리에 뒤를 돌아보다가 쿠당탕탕, 소리와 악! 비명이 들리면서 계단 밑으로 사라졌다.

나는 그쪽으로 팔을 땅을 디디고 상체의 힘으로 기어서 갔다. 한 손으로는 휠체어를 끌고 있었다.

계단 위에서 보니 저 끝 계단 밑으로 굴러떨어진 지니가 일어나지 못하고 쓰러져 있었다. 몇 바퀴를 굴렀는지 옷이 흙투성이가 되었고 치마와 블라우스가 마구 구겨져 있었다.

지니는 발목을 다쳤는지 발을 부여잡고 움직이지 못하고 신음 소리를 냈다. 옆에는 떨어진 구두가 벗겨져 나뒹굴고 구두 굽이 떨어져 있었다.

나는 계단을 스파이더맨처럼 기어서 내려갔다. 팔이 조금 쓸려 약간 쓰라렸다. 힘들게 계단 아래로 다가가 살펴보았다.

다행히 지니는 다른 곳은 다치지 않았고 발목만 삔 것 같았다. 퉁퉁 부은 지니의 발을 보고 나는 어찌할 줄 모르다가 상의 남방을 찢어 붕대처럼 지니의 발이 움직이지 않도록 감았다.

나의 행동을 지니는 가만히 음미하듯 쳐다보았다.

나는 귀걸이를 내밀자 지니는 그것을 받았다. 미안함과 고마움으로 어쩔 줄 모르는 표정이었다. 물론, 이건 내 느낌이다.

지니는 내 몸에서 뭔가를 발견하고 깜짝 놀랐다.

"어머 어떡해?"

내 무릎 부분을 보니 바지가 찢어져 무릎에서 피가 나고 팔과 손바닥에서도 피가 났다. 팔에서 피가 나는 줄은 알았는데 다리는 감각이 없으니 느끼지 못했다. 이럴 때는 감각이 없는 것이 좋다는 생각이 들었다.

"괜찮아?"

지니가 물었다.

어떤 지나가던 사람이 휠체어를 계단 밑으로 내려다 주었다. 나는 대답 대신 그 휠체어를 타고 한 바퀴 빙글 돌았다.

지니는 내 얼굴을 쳐다보았는데 눈동자가 커져 있었다. 존중받는 듯해서 감동받은 표정을 놓치지 않고 보았다. 물론 이것도 내가 느낀 감정이다.

"잠깐 이리 올라와 봐."

나는 지니를 일으켜 세워 휠체어에 탄 내 무릎 위에 태웠다.

나는 거기서 프리댄스를 추었다. 안 볼 때 연습해 두어서 50킬로 정도 무게를 얹고 휠체어를 돌리는 것은 어려운 일이 아니었다. 그리고 같은 무게라도 물건을 올리고는 못 추어도 사람을 올리면 자연스러운 힘이 생긴다.

우리만의 즉석 댄스파티.

다행히 바닥이 울퉁불퉁하지 않고 평평하여 춤을 추는 데 어려움이 없었다.

지니도 팔을 움직여 춤을 추고 있었다. 사람들이 구경하려 조금씩 몰려들었다.

그때 저쪽에서 디카프리오의 모습도 보였다.

나는 갑자기 소름이 쫙 끼쳤다.

"저 녀석 스토커네."

지니는 그런 것에 신경 쓰지 않는 것 같았다. 오히려 그것을 즐기는 것 같았다.

"놔둬."

멀리서부터 들리던 구급차 사이렌 소리가 점차 가깝게 들렸다.

구급차 안에서 나는 한 가지 지니에게 물었다.

"디카프리오에게 반말 해?"

"응."

나는 주려던 목걸이를 주지 않고 내 주머니 속에 깊이 넣었다.

사는 것은 시소 같아서

연습 중간에 잠시 쉬는 시간에 나는 지니에게 말했다.

"지니가 언덕을 오를 때 나에게 팔을 잡게 해준 것은 아주 작은 일이지만 나에게는 너무나 중요하고 큰 행복이었어."

지니는 가만히 듣고만 있었다. 나는 계속해서 말했다.

"뭐 하나 부탁해도 돼?"

"뭐?"

"혹시 필요한 것 같으면 말해. 지니에게는 큰일이지만 나에게는 작고 쉬운 일일 수 있어."

댄스 연습장에서 전철 역까지 가는 중간에 어린이놀이터를 항상 지난다. 거기에 시소가 있었는데 그것을 그렇게 타보고 싶었다. 예전에 지니에게도 말했었다. 시소를 타보았던 적이 언제였더라. 초등학교 때까지 타고 중학교에 와서는 타지 않았다.

"저 시소를 타고 싶어."

"다음에 타. 힘들잖아."

지니의 말이 이해된다.

나의 하체에 힘이 없고 감각이 없기에 다치지 않도록 조심해야 하기에 걱정이 되어서 그런 것이다. 그러나 내가 계속 타자고 하자 지니는 선심 쓰듯 말했다.

"그래 그럼 한 번 타자."

거의 지니의 움직이는 힘만으로 타야 하고 나는 다리가 시소 밑에 끼지 않도록 조심하기만 하면 된다.

지니가 몸에 힘을 주어 아래로 내려가자 나는 위로 올라가 붕 떴다. 다시 지니가 가볍게 하고 위로 올라가자 나는 아래로 내려왔다.

"인생이 마치 시소를 타는 거 같지 않아?"

"맞아. 올라갈 때도 있고 내려갈 때도 있고."

"지니는 뭐 하고 싶어?"

"나는 노인협회에서 노인들에게 댄스 스포츠 지도를 하고 싶어."

위로 올라갈 때마다 서로 하고 싶은 것을 말하기로 했다.

"춤추는 내용으로 글을 쓰고 싶어. 춤은 현재를 위해 추지만 글은 내 몸이 없어져도 남아 있잖아. 내가 영원히 남아 있는 방법은 글을 쓰는 거야."

"트랜스포머 휠체어 하나 사서 세계 일주를 하고 싶어."

"경비행기 조정하고 싶어."

"인명구조요원 하고 싶어."

"내가 쓴 시에 맞춰 춤추고 싶어."

우리는 지칠 때까지 계속 시소를 탔다.

셋이 추는 춤

루비와 휠체어 듀오 연습을 하기 위해 자주 만나자 지니가 연습장에 찾아왔다. 셋이 같이 있었던 것은 병원 이후로 처음인데 책상에서 글만 쓰는 소설가가 야외에서 막노동하는 것만큼이나 어색했다.

지니와 루비는 서로 자기 연습할 시간이 없다며 싸웠다.

"나는 없는 시간 쪼개서 하는데 하루종일 그렇게 하면 독일 대회 어떻게 준비해?"

"난 요즘 1주일 동안 한 번도 연습 못했거든."

서로 싸우는 모습에 나는 어떻게 해야 할지 애매모호, 알쏭달쏭, 긴가민가, 아리까리했다. 저번에 나와 디카프리오가 싸우는 모습에 지니의 마음이 이랬을까?

둘이 싸우는 소리에 나는 귀를 막고 싶었으나 화장실로 가서 변기에 앉아있으니 순간 멋진 아이디어 하나가 떠올랐다. 그래서 빨리 바지를 올리고 그녀들에게 가서 제안했다.

"3명이 같이 추는 춤은 어때?"

"그런 건 없어."

"없었으니까 우리가 만들어."

"난 그런 거 안 해."

루비답게 어항처럼 투명했고 도끼처럼 단호하다.

"새로운 느낌이라 분명 새로울 거야."

"야, 남자가 하나고 여자는 왜 둘이야? 남자 하나 더 데리고 와서 나 하나에 남자가 둘이어야지."

"그럼 그렇게 하세요. 나는 빠질게요."

지니도 성질이 난나보다. 지니도 바보는 아니다. 기분 나쁜 것은 나쁜 것이다.

"그럼 어떤 걸로 안무하려고? 들어나 보자. 하지만 빨리 남자 구해."

루비가 조건을 걸고 협상테이블에 앉았다.

"영화 그리스 어때? 옛날 영화지만 춤과 노래가 많이 나와."

"주인공이 몇 명 나와?"

"2명인데 꼭 그대로 할 필요는 없잖아. 우리가 새로 각색하는 거야."

"일단 기본 줄거리를 알아야 어떻게 각색할지 말지 아이디어를 내지."

"간단하게 말하면 동네에서 껄렁대는 18살 대니가 여름 방학 때 해변에서, 호주에서 온 샌디를 보고 반했는데 모범생을 좋아하면 무시당할까 봐 거만 떨다가 차이고, 다시 접근해서 학교 댄스파티에서 대니와 샌디는 같은 조가 되어 결승전까지 진출하지만, 스콜피언스 대장 차차의 여자친구가 파트너를 바꿔치기해. 우승을 놓쳐 열받는 샌디에게 대니는 반지를 주며 몸을 만지려다가 샌디를 더 빡치게 해. 카 레이스 시합에서 차차는 대니 차를 공격하지만 역시 주인공이니까 대니가 이기고 샌디는 대니에게 안겨. 나중에 반전이 있는데 대박이야. 모범생이었던 샌디가 대니에게 맞춰 날라리로 변한다는 거야. 결말 쩔지?"

"간단하다면서 왜 그리 길고 복잡해."

"어떻게 각색하려고?"

계속 루비와 구체적인 방법을 이야기했다.

"댄스파티에서 차차의 여자친구 역할을 더 주어서 대니와 샌디와 3각 구도로 만드는 거야. 각기 다른 매력을 보여주어서 대니의 마음을 갈팡질팡하게 만드는 거지."

"결말은?"

"영화에서는 샌디와 잘 되었지만, 결말은 열린 결말로 끝나는 거지."

"그건 너무 허무해."

"그럼 파격적으로 둘 다 사귀는 걸로."

"뭐? 둘 다 사귄다고? 최악이야."

"동시 사랑은 왜 안돼? 본능을 이겨보자."

"사귀는 걸로 하지 말고 그냥 우정으로 하자."

지니가 말했다. 그 말을 이어서 루비가 강하게 내질렀다.

"그냥 남자 하나 등장시켜서 라이벌을 만들자. 지니는 새로운 라이벌과 잘 되는 거야."

"사심을 채우려는 거야?"

지니는 디카프리오를 떠올렸는지 살짝 웃었다. 디카프리오를 보면 루비가 어떤 말을 할까. 다음에 디카프리오를 데려와야겠다.

연습에 돌입했을 때 동작이 어려워 포기하고 싶었다. 루비가 해외 사이트에 들어가서 고난도 동작을 뽑아서 보여주었다.

한 바퀴로 손잡고 돌기, 숙인 등에 여자가 올라가기, 마주 보고 활처럼 뒤로 젖히기, 여자가 남자 어깨에 올라가 몸을 펼치고 다섯 바퀴 돌기, 여자를 들어 올리기.

"이게 어느 장면에 필요한지는 모르겠지만 일단 할게. 나도 어려운 동작으로 박수받고 싶어."

이런 것을 연습하기 위해 기초체력이 필요하니 아침부터 수영, 헬스, 달리기하기 시작했다.

몸으로 시 쓰기

지니하고도 행사 공연을 하기 시작했다. 지니가 먼저 자신감을 보여 여기저기 팸플릿을 돌리고 협회에서도 공연 의뢰가 들어오면 하겠다고 말을 해 놓았다.

나는 지니에게 물었다.

"전에 내가 쓴 시에 맞춰 댄스 하는 게 내 꿈이라고 했지? 기억나?"

"응."

"우리 공연 때 그렇게 해볼래?"

드디어 기회는 쉽게 왔다. 중학교 초청 공연이었다. 우리가 마음대로 고른 음악으로 할 수 있는 무대였다. 대상 나이도 충분히 춤과 시를 이해할 수 있는 나이라 알맞았다.

미리 녹음한 시 낭송에 맞춰 우리는 춤을 추었다.

물고기가 물속을 헤엄치듯이. 내 마음의 물결을 일렁이게 하는 어떤 감정을 느낀 듯이, 내가 물고기가 된 듯이.

내가 쓴 시에 맞추어 춤을 추니 그냥 혼자 시를 읽은 것보다 2배 정도 기쁨이 넘쳐흘렀다.

나는 춤 추면서 내가 쓴 시의 내용을 다 들을 수 있었다. 시 내용을 깊이 음미하니 물속에서 헤엄치는 것 같았다.

물은 물고기를 따라 흐른다

물고기가 물에서 벗어나면
물고기가 아니다

물에 물고기가 없으면
물은 진정한 물이 아니다

내 속에 네가 없으면
나는 내가 아니다

내 속에서 내 마음의 물결을
일렁이게 하는 이여
그렇다면 너는 물고기
나는 그 물고기를 담는 물

이제 새롭게 고쳐 쓴다
물고기가 물에서 벗어나면
물은 물고기를 따라 흐른다

춤이 다 끝날 무렵 그때 저쪽에서 수초처럼 흔들리며 나타난 사람은 디카프리오였다. 그는 환하게 웃으며 춤을 바라보며 박수를 치고 있었다.

"새로운 스탠딩 선수 디카야. 인사해."

나는 루비에게 디카프리오를 소개했다.

"이름이 디카? 디지털카메라?"

"아니 디카프리오."

"오 개잘생겼다."

"야, 처음 보는데 개, 자는 빼."

"안녕하세요. 루비에요. 잘 부탁해요."

루비는 디카프리오에게 관심을 보이며 눈을 번쩍였다.

부탁을 해? 요즘 쓰는 말이 아닌데... 나에게 대하는 말투와 확실히 다르네.

나는 공연이 다 끝나고 지니에게 인명구조 관련 책을 선물로 주었다. 그리고 열쇠 목걸이도 같이 주었다.

지니는 반짝이는 목소리로 말했다.

"목걸이 너 가져. 이제 필요 없어."

끝